不器用で甘い束縛

「圭、さん」

　そう呼びかけると、熊岡はまるで華が開くように微笑み、佐倉井の前髪に触れながら呟いた。

不器用《ぶきよう》で甘《あま》い束縛《そくばく》

高端《たかはし》 連《れん》

ILLUSTRATION：千川夏味《せんかわなつみ》

不器用で甘い束縛

LYNX ROMANCE

CONTENTS

不器用で甘い束縛

全身が映る程の大きな窓にかかった白いカーテンは柔らかそうだった。質が良さそうなのは、ベッドのシーツも同じだ。目の前の白く細い体が沈み込むキングサイズのベッドは、この場所が自分の部屋ではないのだという事を思い出させる。

ベッドとテレビ、それからソファー位しかないシンプルな部屋なのは、ここがホテルだからだ。そのホテルでさっき初めて会った男の体に指を滑らせて肌の感触を味わえば、その手元に刺さるような視線を感じた。触れている男のものではない。その視線が気にならないといえば嘘になるが、三度目になると、慣れというものも出てくる。

第三者の視線を意識しなくなった頃、ようやく体中に快楽が走る。そうすれば目の前の男の顔を認識できるようになって、佐倉井幸太《さくらいこうた》は僅かに口元を緩ませた。

それに気付いた目の前の男が、不思議そうに首を傾げた。

「どうしたの？」

「ん、なんでもない。それより、ほら、飛ばすけどいい？」

「あ、んっ、いいから、早く」

艶《なまめ》かしい声が、多少わざとらしいと感じたが、快楽に身を包まれた今は、それを気にしている余裕もない。

細い腰を摑んで四つんばいにさせると、白いシーツに沈んだ体が波のように揺れる。好みの白く細い体だ。

初めは緩《ゆる》やかに、もどかしげな声が上がれば、奥まで容赦《ようしゃ》なく貫く。

「あ、ん、んっ、も、っと」

声をこらえない唇を後ろから指で撫でると、戯《たわむ》れのようにそれを噛まれる。

——これは、慣れてるな。

セックスはいわば、駆け引きの応酬でもある。戯れながら、お互いに妥協点を見つけて欲望を爆発させる。タイミングがずれたら負けだ。

「あ、ん、もう、早く」

甘い声で促され、この辺でかたをつけるかと思った時、不意に鋭い視線に睨《にら》まれている事を思い出す。

こんなことをしている最中だというのに、ふと正気に返ってしまいそうになる。

その前にと、上りつめかかった欲望を、いささか性急に相手の体内に放った。呼応するように白細い体が跳ね上がって、一際大きく鳴く。

「ああ——っ」

そのまま沈み込んだ体を撫でると、シーツの隙間から覗いた大きな目が、悠然と微笑《ほほえ》む。

「結構よかったよ？」

「それはどうも」

さっきまで絡《から》み合っていた体が、するりとシーツから逃れ、ベッドを後にする。

なんの余韻も見せない後ろ姿に、軽く頭をかいたのは、ちょっとした敗北感からだ。

何せ、最後の最後で我に返ってしまったのだ。

鋭い視線を思い出し、ベッドの向かいに置かれたソファーを振り仰ぐと、感情の読めない顔の主《あるじ》と目が合う。狭いホテルの一室には不似合いな黒い革張りのソファーにどっかりと腰を下ろして足を組んでいるこの男——熊岡圭《くまおかけい》は、佐倉井幸太の「雇い主」だった。

大きい目の黒ぶち眼鏡をかけて誤魔化しているが、その鋭い視線は少しも隠せていない。まるで線を描いたようなくっきりとした二重瞼《ふたえまぶた》の下には、切れ長の眼があって、真っ直ぐに佐倉井を睨んでくる。なまじ、整った綺麗な顔をしているのだから、その迫力は相当のものだった。

——俺だってそう悪い顔じゃないと思うけど。

バイト先では男女問わず声をかけられるし、今まで相手に困った事もない。うなじを隠すほどに伸ばした襟足がうっとうしいと言われた事もあるが、ほとんどの人には評判もいい。垂れ眼がちなのはこっそりコンプレックスだが、そのおかげで声をかけやすい雰囲気になっているのだと教えてくれたのは、高校時代の先輩だった。

「おい」

形のいい薄い唇を震わせて紡がれた冷たい声で呼びかけられ、我に返った。

「早く着替えろ」

命令口調に肩をすくめると、熊岡圭は相変わらず鋭い視線を投げかけてくるだけだった。

こんな行為も、もう三度目だが、正直、この状況の意味が今もよく分かっていない。

誘われた時は、てっきり彼自身を相手にするのだと思っていた。それが、いざホテルに行ってみればベッドに転がった相手は全くの別人で、熊岡はそれを終始見ているだけだなんて。

脱ぎ散らかしたTシャツを拾い上げて着ながら、熊岡をじっと見つめ返すと、黙ったまま顔をそむけられる。

――睨んでなければ綺麗《きれい》な顔してんのにな。

小さな顔の中心には切れ長のシャープな目元、筋の通った高い鼻、形のいい薄い唇。全体のバランスが考え抜かれた末に出来たような容姿だ。

熊岡圭を知らない人間なら、きっとこう形容するに違いない。

――まるで俳優みたい。

そう、その通り。

熊岡圭は、今注目の若手俳優なのだ。

アイドル的な派手さこそないものの、確かな演技力と端整な顔立ちから、映画やドラマでの露出も多く、若手一の実力派とまで呼ばれている。

その熊岡圭の前で、佐倉井は見ず知らずの男とのセックスを見せるという「バイト」を終えたばかりという状況にいる。

「じゃあ、僕帰るね。結構よかったから、また呼んでくれてもいいよ」

不意に掛けられた声は、さっきまで佐倉井が抱いていた男のもので、彼はひらひらと手を振ってあっさりと部屋から出て行った。この割り切り具合からすれば、彼はこういう事に慣れているのか、もしくはその手のプロなのかもしれない。

まあ、相手が誰であれ、可愛《かわい》い系だった事を思えば役得と言えなくもない。セックスは好きだし、これで毎晩の寝床を確保できていると思えば、悪くない取引だと思う。

「帰るぞ」

顔色一つ変えずに、熊岡圭が口を開く。

クール系と評される彼らしい反応だ。

「どうした、早くしろ」

「はいはい」

ジーンズを穿《は》き終えて携帯でメールチェックをしながら、佐倉井は押し黙った熊岡の後に続いてホテルを出た。

それは突然だった。

『彼氏が出来たから、部屋出て行ってね』

にっこりと笑いながら、語尾にハートマークでもつきそうな勢いで香織《かおり》が言うのを、佐倉井はぼんやりと聞いていた。元は佐倉井がバイトをしているカフェの客だった彼女の部屋に転がり込んだのが半年前、さっぱりした性格の香織とは気も合っていたし、同居は上手くいっていたとは思うが、本命が出来たのなら部屋に居ていいはずがない。

それでも流石《さすが》に、

『明日中に出て行ってね』

には参った。

高校を卒業してから、特にこれといってやりたい事もなくふらふらしていた佐倉井は、当時の彼女の部屋で暮らすようになり、その彼女と別れた後も、その時々で誰かの部屋に転がり込んで生活している。男女問わず、大事なのは気が合う事と、身体の相性がいい事だ。

楽しめる軽いバイトをしながら、後腐れない相手の部屋に戻るのは、気楽でいい。

それが急に出て行けと言われ、次に転がり込めそうな相手に何人か声をかけたのだが、今回は運悪くなかなか見つかりそうになかった。

今は小さなカフェでウエイターをしている佐倉井の給料は、そう少なくもない。けれど、今更まっとうな生活と言われてもピンとこない。

こうなったら、最後の手段を取るしかない。

「佐倉井、出来たから運んで。終わったらあがっていいから」

店長の声に明るく返事をしながら、出来たてのパスタプレートを手に、見慣れたスーツ姿の前に立った。

「お待たせいたしました」

声をかけると、難しそうな書類に目を落としていた内野《うちの》が顔を上げる。大きな目も童顔も、好みの可愛い系なのだが、それを言うと怒るからといつも心に仕舞っておく事にしている。

「お、菜の花、美味そう」

白いテーブルにパスタが綺麗に盛られたプレートを下ろすと、内野は嬉《うれ》しそうに笑った。

高校で一年上の先輩だった内野は、当時からあまり真面目とは言えなかった佐倉井の事を、何かと世話を焼いてくれていた。会社が近くにあるからか、よく店にも来てくれる。この店はデザートよりも、軽食がメインのカフェだからか、男性客も多く、スーツ姿の内野が一人で来てもそこまで違和感はない。

佐倉井の働く「カフェブルーグラス」は、二人がけのテーブル席が四席と、四人がけの席が四席、それにカウンター席が少し。今は四月だから、オープン席も三席は開けてある。ランチ時には満席になるが、それ以外は割とゆったり出来るアットホームな雰囲気だ。それも内野が良く来てくれる理由の一つなのだろうと佐倉井は思っていた。

スタッフは少ないが、店長始め皆年上で、甘えられて居心地がいい事もあり、佐倉井にしては珍しく一年も続いている職場だった。

基本的な仕事はフロア担当なのだが、たまに仕込み位なら手伝う事もある。厨房は基本的に店長と調理の増岡《ますおか》がまわして、佐倉井と副店長がフロアをまわす。少人数なのは、店の規模も小さいからだった。

「腹減ってんだよ、昼メシ抜きだったたからな」

愚痴《ぐち》を零《こぼ》しつつ、内野がパスタに手をつけたのを見ながら、なるだけ何でもない事のように切り出した。

「内野さんって今、フリーでしたっけ？」

「あ？　なんだよ、いきなり。悪かったな、寂しい身でよ」

見た目に反して不器用な内野はパスタをフォークで巻き取れない。用意していた割り箸を目の前で振ると、いぶかしむように眉をひそめた。

「なんだ、何か言いたい事でもあんのか」

さすが、長い付き合いだ。内野は割り箸を受け取りながら、声を潜《ひそ》める。

「仕事中だろ、あとにしろよ」

「もう俺は上がりの時間だから。実はね、香織に彼氏ができちゃって。追い出されたんですよね。そんで、俺、今行くトコないんです」

パスタをすすりながら内野はちらと佐倉井を見た。この程度の事なら、何度も相談しているから、内野にとってみれば、またか、位の事なのだろう。内野には直球じゃないと通じない。

「だから、しばらく泊めて？」

「嫌だ」

それを即座に返された。

「えー。いいじゃないですか、すぐに次探すから、ね？」

「お前は自分で部屋を借りるという発想はないのか」

「金ないもん」

「とにかく俺は嫌だ。前に泊めてやった時、どんだけ女連れ込んだか俺は忘れてない」

そうなのだ。面倒見のいい内野は、最初のうちは佐倉井が困った時に部屋に置いてくれたりもした。しかし佐倉井が無断で女を連れ込んだのがバレて、追い出されたのだ。だから、内野に頼むのは、最後の手段だったのだが。

「今度は絶対大丈夫だから、少しでいいから泊めて下さいよ」

「お前は甘やかすと付け上がるから駄目だ。いい加減きちんとしろよ」

それでもそんな事を言いながら、きっと最後には泊めてくれるに違いない。内野は高校の先輩というだけの繋《つな》がりで、今でも何かと俺を気にかけてくれる優しい人だ。

佐倉井が馬鹿をやったら怒ってくれて、それでも見捨てない、佐倉井にとっては先輩というより、兄のような存在だった。

「ね、ちょっとだけだから。駄目？」

目の前で手を合わせると、内野は静かな店内に響く程のため息を漏《も》らした。きっと、後一押しだろう。

そう、思った時だった。

「だったら、うちに来ればいい」

突然、背中から声をかけられて、思わず身が震えた。そう大きな声でもないが、低めのその声は張りがあってよく通った。体の芯まで響くような低音は耳触りも良いが、いかんせん急すぎる。

驚いて振り返ると、深くキャップをかぶった男が佐倉井の後ろに立っていた。

大きめの眼鏡のせいで顔はよく見えないが、その姿を目にした瞬間、佐倉井は息を呑《の》んだ。この客を知っているからだ。一ヶ月位前から、時々来てはぼんやりと長い時間を過ごして帰っていく客だった。それに――。

「知り合いか？」

内野は眉をひそめて怪訝そうに訊ねてきた。

「――お客様ですよ」

まじまじとキャップ男の顔を覗き込んだ内野が、明らかに不審げな表情を浮かべる。

それに動じないのか、男は顔色一つ変えずに続けた。

「寝る場所がないんだろう。俺が拾ってやると言っている」

「はあ？」

変な声が出てしまったが、無理もないだろう。

――客に……この男に、俺が拾われる？

確かに、男女問わずに声を掛けられる方だとは思うが、ちょっとお茶しない？　という状況とは違うのだ。

特に親しい知り合いという訳でもない、よく行く店の店員というだけのはずで、そんな相手を拾うなんて、まったく意味が分からない。

その本人が、佐倉井を見つめながら細い眉をひそめた。さっき、この人は何と言っただろうか？

うちに来ればいい？

からかわれているのか。

——そうとしか思えない。うん、きっとそうだ。

「そんな知らない方の世話にはなれませんよ」

得意の満面スマイルで誤魔化し気味に言うが、やはり男の表情には特に変化も起きない。真っ直ぐに見つめてくる目が、微《かす》かに細められたくらいだった。

「おい、佐倉井」

内野が心配そうに佐倉井を呼んだ瞬間、明らかに舌打ちが響き渡る。目の前の男のものだと気付くには少しかかった。

何故なら、舌打ちをするようなイメージがないからだ。

佐倉井の知っているこの男のイメージは、クールでストイック。苛立つ姿を想像した事なんてない。それはきっと佐倉井だけじゃなく、一般的なイメージでもあるはずだった。

「佐倉井、絶対断れよ。ただの客で、知らない奴なんだろ？」

「まあ……」

実は佐倉井は一方的に知っているのだ、この男を。

深くキャップをかぶって眼鏡を掛けているのは変装なのだろう。それでも、眼鏡の奥から真っ直ぐ見つめてくる綺麗な切れ長の目力は半端じゃない。

名前は、熊岡圭。

今人気の俳優で、最近はテレビでもよく取り上げられているし、雑誌などで見かける事も多い。芸能界に興味のない内野だから気付かないのだろう。

まさか、そんな有名人がこんな小さなカフェになんて来る訳がないと、はじめは気付いていなかった。ここでバイトをして一年になるが、有名人が来た事はなく、店長からそんな話を聞いた事もない。だから、気付いた時、裏ではちょっとした騒ぎになった。

芸能人とはいえ、プライベートなのだから、絶対に騒ぐなという店長の言いつけどおり、声を掛けたりサインをねだったりは、スタッフの誰もしていない。

時折、常連客が気付く素振りを見せたが、大げさに騒ぐ事もないから、熊岡圭はこの店での時間をゆっくりと過ごしていたように思えた。佐倉井もオーダーを取ったり、接客をしたりした事はあるが、これまで本人から声を掛けられた事は一度もない。

その熊岡圭が、今、話し掛けてきているのだ。

「なんであんたが俺を拾うとか言ってんの。本気？」

「嘘を言う程暇じゃない。仕事はもう終りなんだろう。来い」

まるで、犬でも呼ぶように顎《あご》で促される。確かに上がる時間ではあったから、着替える為バックヤードに入り、急いで鞄を掴み表へ出た。熊岡は店の前で待っていて、側では難しい顔をした内野が腕を組んでいる。

「佐倉井！　まさかついてくんじゃないだろうな」

「でも、来いっていうし」

「なんかあるに決まってるだろ！　なんでいきなり知らない奴を拾うとか言ってんだよ、おかしいだろ」

それはそうだ。けれど、完全に知らないという訳でもない。少なくとも、佐倉井はこの男を知っている。ずっと前から。

「ただで拾うとは言っていない」

熊岡が淡々と言い放つ。

「ますます怪しいじゃないか！」

「大丈夫だって。じゃ、またね」

内野が後ろから呼ぶ声を聞かない振りで、歩きだした熊岡に続くと、すぐに振り返られる。一八〇センチの佐倉井より、五、六センチは低い所にある、切れ長の目に真っ直ぐに見つめられた。

「本当についいて来るんだな」

「熊岡サンがついいて来いって言ったんじゃん。それに俺、あんたには興味あるから。で、家ってどの辺？」

切れ長の目が、何か言いたそうに揺れるのを見つめると、視線はすぐに逃げていく。

その視線の代わりのように、熊岡はそっと口を開いた。

「家じゃない。ホテルに、行く」

「えっ、いいけど。俺、抱かれる趣味とかないんだよね。まさか、あんたを抱く……とか？　けど、抱かれるタイプに見えないし」

「っ、違う！　そんなつもりは……ない」

だったら、何なんだろう。

そのまま黙り込んだ彼について、佐倉井はただ馬鹿みたいに黙って歩いた。


佐倉井がこうもすんなりついていったのには理由がある。熊岡の事を、前から知っているからだ。客として店に来たからじゃない。もう随分前から。

佐倉井は昔、短い期間だが芸能界に居た事がある。子役のオーディションに受かったのは、小学校の高学年の頃だった。好奇心の塊だったその頃、テレビの世界は何もかもが新鮮で面白かった。

子役とはいえ、全くの素人だった佐倉井は、芝居の他にも歌やダンスのレッスンもしていた。

基本的に器用だったこともあり、子役仲間が難しいと言う芝居もダンスも歌も、それなりにこなせるものだから、益々有頂天だった。

そんな時、熊岡圭を知った。

もう中学生だった熊岡は、当時話題になっていたテレビドラマにも出ていて、難しいと言われていた主人公の少年時代の役をやっていた。

局の中で見かける事もあって、熊岡の話題は時折、子役仲間の中でも出たりした。

『あいつって、すかしてるよな』

『いつも偉そうだしね』

『何でも出来るって思ってるんじゃないの?』

同世代の仲間達は、熊岡に否定的だったが、それは自分達との違いに薄々気付いていたからかもしれない。

それほどに、熊岡は目立つ存在だったのだ。

佐倉井が芸能界をやめてからも、熊岡はドラマや舞台を中心に、それなりの露出をしていたが、そのうちあまり見かけなくなった。

子役の運命とでもいうのか、育ち過ぎるとイメージが変わってくるせいもあるのだろう、どうしても息が長くない。

熊岡をあまり見かけなくなったときも、てっきりそうかと思っていた。

しかしそれは佐倉井の俗な勘ぐりであって、三年程前にドラマの脇役で話題を集めてからまた姿を見るようになると、整ったルックスも手伝って人気が出た。

去年公開された映画で、一言も喋らない難役を演じてからは、その人気も決定的なものになったようだった。

子供時代に一度、話した事はあるが、すぐに芸能界をやめた人間の事など、熊岡は覚えてもいないだろう。

興味があると言ったのは、本音だった。

あの頃から、この人はどう変わったのだろうと思ったのだ。

——まさか、目の前で男を抱いて見せろ、なんて言われるとは思いもしなかったのだけれど。

スモークサーモンのサンドを頬張る内野は佐倉井の話を聞いているのかいないのか、とにかく黙ったままだった。

「でもさ、あいつ、ただ見てるだけで混ざってきたりもしないんだよね。何だろ、もしかして変態か、使い物にならないのかな」

あの熊岡圭がそんな性癖だなんて、一体誰が思うだろうか。そう思うと、なんだか面白かった。

サンドを食べ終えた内野が、ようやく口を開く。

「お前、あんま深入りしない方がいいんじゃないのか」

「ん、大丈夫でしょ」

「大丈夫って、お前な、その物事を深く考えない癖、なんとかしろ。いい加減、きちんとしろよ、いつか痛い目みるぞ」

これはよく言われている事で、内野の口癖みたいなものだ。怒りながらも、心配してくれている。

「なんとかなってるから大丈夫だって。ありがとね、心配してくれて」

「うっせー、俺は心配なんてしてねえし」

サンドを包んでいた袋を俺の胸に押し付けて、内野は怒りながら去っていく。

熊岡のところに転がり込んだ後輩を心配して、その翌日すぐに話を聞きに来る当たり、やっぱり内野は優しい。

口にすると怒られるだろう言葉を頭に繰り返して、佐倉井は一人笑った。


カフェのバイトが週五日。朝十一時から、夜七時まで。時給はそこそこで、人の家に転がり込む生活を続けていた佐倉井には十分だった。

熊岡は本気で佐倉井を拾う気だったらしく、あの時ホテルを出た後、なんの躊躇《ちゅうちょ》もなく合鍵をくれた。仮にも有名人なのだから、もっと警戒心があってもいいと思うのだが、どうなのだろう。

一応、

「俺が悪人だったらどうすんの、何か盗んで逃げたりするかもよ？」

と言ってみても、鼻で笑われただけだったのだが、何を考えているんだろうか。熊岡圭という人物は、よくよく分からないというのが佐倉井の印象だった。

知っているとは言っても、随分昔の姿と、テレビで見ていたクールな役者の姿だ。どんな素顔を見せてくれるのだろうと、内心期待していたのだが、今の所、そんな感想しか持てていない。

そもそも、予想以上に多忙で不規則な生活の熊岡とは、あまり顔を合わせる機会もない。たまに家に居ても、すぐに自分の部屋に入ってしまうから、顔を合わすこと自体少ないのだ。

ある意味、一番顔を見る事ができるのは例の「バイト」の時なのかもしれない。勿論カフェでのバイトではなく、熊岡の要望で男を抱く、あれの事だ。

拾われてから一ヶ月の間に、三回はそのバイトをした。忙しそうなくせに、急に連絡をしてきてはホテルに呼びつけられる。どうやって呼んでいるのかは知らないが、毎回抱く相手は違う。でも、どの相手も佐倉井好みの可愛いタイプなのは嬉しい限りだ。

直接的に金を貰う訳ではない。けれど、これは契約だった。

家賃や光熱費を払わないで住まわせてもらう代わりに、熊岡が望んだ時に、熊岡の前で男を抱く。

熊岡に何のメリットがあるのかは分からないが、佐倉井にはうってつけな条件だった。

いい思いをして、快適な生活も手に入れる事ができる。

つまり佐倉井は、この妙な生活に早くもなじみ始めていた。

その日もいつものように、軽い朝食をとってからバイトに出かけた。

熊岡のマンションからバイト先のカフェは、歩きと地下鉄で三十分と、通うにも都合がよかった。

駅から十五分の目立たない路地裏にある「カフェブルーグラス」は、小さなビルの一階だ。

着いた時にはもうシャッターが半分開いており、店長が来ているらしかった。

挨拶をしながらドアを開けると、香ばしいパンの匂いがする。元々本店がパン屋な事もあって、うちの店長も元はパン職人らしい。メニューにあるパニーニ用と、サンド用、それからランチに添えるパンは朝の仕込みで焼き終わっていた。

「おう、早いな。せっかくだからマリネ作っとけ」

今年で四十路に突入だと騒いでいる店長は、手ぬぐいを頭に巻いた職人スタイルで、佐倉井をチラと見ただけですぐに仕込みに戻っていく。

「えー、なんで俺が」

一応文句を言いながらも、マリネ用のタッパーを構えてスライスされた玉ねぎを敷きつめる。

そのうち、他のスタッフも出勤してきて、佐倉井の仕事は店内清掃に切り替わった。いつもと同じ平和な一日の始まりだ。

その時、制服のエプロンの下、黒いパンツに突っ込んである携帯が振動し、着信を知らせた。たとえ鳴ったとしても基本は無視だ。こんな時間に携帯が鳴るのは、だいたいメールで、俺に急ぎの連絡されることもほとんどない。

だからいつも通り無視をしていたのだが、それがとんでもなくしつこい。少し気になり、テーブルを拭く手を止めて携帯を掴むと、そのディスプレイにはちょっと意外な名前が踊っていた。

『矢吹《やぶき》さん』

その名前を目で追って、軽く首を傾げた。

矢吹は熊岡のマネージャーだ。佐倉井を拾った事はすぐにばれたらしく、心配したのだろう、矢吹が家に来た事がある。昔から熊岡のマネージャーをしているという矢吹は、落ち着いた大人の男性という雰囲気の人だった。

他人と暮らす事に最初は渋っていたが、譲らない熊岡にそのうち諦めたのか、最終的には仕事に差し支えないのなら、という事で決着がついた。

「熊岡さんが仕事以外でこんなに頑ななのは珍しいですから」

というのが決め手だったらしい。

いい機会だと、何でそこまでして俺を拾ったのかと聞いてはみたが、熊岡は唇を固く噛んだままで答えをくれなかった。

――まあ、理由なんて分からなくても、俺としては問題ないけど。

矢吹からは念のため、と携帯番号を聞かれてはいたが、本当に掛かってくるのは初めての事だ。

不思議に思いながら通話ボタンを押すと、すぐに柔らかな口調が響いた。

『あ、佐倉井さんですか、矢吹です。実は少しお願いがあるのですが』

矢吹は続ける。

『実は熊岡さんが、どうしてもそちらの店のサンドが食べたいと言い出しまして。今ロケで近くの公園に居るのですが、もしよかったらケータリングしていただけませんか』

「え、出前って事ですか？　ウチは出前してないんですけど」

『ええ、存じております が、そこを何とかお願いできませんか？　僕が買いに行ければいいのですが、ちょうど今から打ち合わせが入ってしまっていて』

心底申し訳なさそうに言われると、なんとかしてあげたい気にもなる。けれど自分で勝手な判断はできない。店長に聞いてみると告げてから、一旦電話を切った。ちょうど聞いていたのか、店長が不機嫌な顔で頭をかいている。

「出前はしないぞ。お前の友達か？　ちゃんと言っとけ」

熊岡の顔を思い浮かべるけれど、無愛想な顔しか思い出せない。矢吹は怒られる事になるかもしれないが、俺にはどうしようもないか、と仕方なくもう一度携帯に手をかける。

「友達っていうか、お客さんっていうか」

「客？」

「熊岡圭ですけど」

熊岡がブルーグラスの常連客だという事は、スタッフ皆が知っている。お客様に快適に過ごしてもらいたい、が信条な店長の指導の下、本人の前では騒がないようにしているが、それは結構なニュースだったのだ。

「彼からの注文なんですけど、近くの現場まで、サンドの配達してくれって」

「……何で、熊岡さんからお前に電話？」

「まあ、色々あって」

拾われた事はさすがに言えない。知ってるのは内野くらいのものだ。笑って誤魔化す佐倉井を見ながら、店長は大きく瞬《またた》いた。

「分かった、お前、その配達行ってこい。そんで、ウチをアピールして来い。これはチャンスだな」

さっきまでと打って変わって上機嫌になった店長は、熊岡希望のスモークサーモンとチーズのサンドをいそいそと準備してくれた。元々サンドとパニーニはテイクアウトできる。専用のケースに入れて渡された袋は、熊岡一人分にしては明らかに大きかった。

「店長？」

「ついでに、ロケに来てる人達に配って来い。店の宣伝忘れるなよ」

ケチな店長にしては珍しい太っ腹だ。

まるで蹴り飛ばされる勢いで店から送り出され、少々疲れながら矢吹に電話をすると、確かにそう遠くない公園に居るようだった。歩きでも行ける距離だ。

桜が有名だから、その撮影でもしているのだろうか。熊岡の姿は基本的に、ドラマか映画で見るのがほとんどだから、今日もその撮影なのだろう。芝居の仕事しかしないのはきっと、熊岡のこだわりなのだろう。

指定された公園に着いたのは店を出てからちょうど十五分後だった。

大きな公園だが、矢吹から指定された場所に行くと、現場はすぐに見つける事ができた。たまたま居合わせた幸運な野次馬達がスタッフの制止を聞いて、行儀よく輪を作って見学している。

その隙間から目的の人物を捜せば、その姿はすぐに見つかった。

役柄のせいだろうか、切れ長の目が鋭いくせに、その表情は柔らかかった。出会った時は茶色だった髪の色が黒くなったのは、この役の為なのかもしれない。

やはりドラマか何かの撮影なのだろう、他にも数人の役者がいて、熊岡は女優と二人で穏やかに話をしているシーンのようだった。

独特の緊張感。

この中に俺もいたことがあるんだな…と、随分昔のことが、ふと思い起こされた。本当に短い期間だったのは、真剣に向き合っている人の姿を見てしまったからだ。ここは俺なんかが居ていい場所じゃないと、気付いたからだった。

不意に感じる懐かしさを頭の隅に追いやって、佐倉井は熊岡の姿ばかりを追っていた。

いつも見る顔は不機嫌か、無愛想。例のバイトの時だって、そこに何らかの感情を見つける事は難しい。時折、目が合ったら逃げるように視線を泳がす事以外は、雑誌やテレビで見るクールな姿だ。

それが、今は穏やかな笑みを浮かべている。そういう役で、そういうシーンなのだろう。それでも、暫《しば》くその姿に見ほれた。

元々、綺麗な顔をしているのだ。いつもこうやって笑っていればいいのに。

もっと近くで見たくて、人の隙間から顔を出す。無駄に高い身長がこんな所で役に立つとは思わなかった。

熊岡の顔がしっかり見えた時、柔らかく笑う顔がこっちを見る。目が、合った。

瞬間、熊岡は目を見開き、薄く唇を開いたかと思うと、黙りこんでしまった。

「カット！」

監督の声が飛んで、熊岡は我に返ったように肩を揺らした。もしかして、ＮＧなんだろうか。

「珍しいわね、熊岡君が台詞《せりふ》飛ばすの」

隣に居た女優さんが声を上げて、熊岡は苦笑で応《こた》えていた。

そんな全てが、別世界だ。

ぼんやり見ている前で、撮影は一旦休憩に入ったのか、スタッフに声をかけられて役者陣は姿を消していく。その間際、熊岡が鋭い視線を送ってきた。俺を認識していたんだろうか、と思うと同時に目的を思い出した。

大量のサンドを手にぼんやりしている場合ではない。これがチャンスとばかりに近くのスタッフに声をかけて熊岡に取り次いでもらうと、矢吹が話を通してくれていたのか、あっさり案内された。

公園の裏手に止められたバンの前で、熊岡は眉をひそめて立っていた。自分で頼んでおきながら、なんだってこんな表情なんだろうか。

――少しは嬉しそうな顔でもすればいいのに。

「はい、出前」

大量のサンドが入った袋を差し出すと、切れ長の目が大きく瞬く。

「俺は一つと言ったはずだが」

「まあまあ、皆さんに差し入れって事で」

「知るか、持って帰れ」

熊岡は相変わらず無愛想に、けれど、その手は素直に袋からサンドを取り出した。

どうしても食べたいと言ったのは本当だったらしい。バンのドアにもたれ掛かったままでサンドにかぶりついている。その手には台本があって、休憩中に確認でもするのだろうか。

そういえば、こんな近くにいるのも珍しい。つい、聞いてしまった。

「今、何の役なの？」

「別に何でもいいだろう」

——やっぱ。可愛くない。さっきはあんなに綺麗に笑ってたくせに。

「なんか、びっくりした」

「……どういう意味だ」

「褒めてんだって。笑ったら結構可愛いなとか」

「可愛……っ」

途端、熊岡はサンドでむせ返る。別に深い意味はなかったのだが、熊岡にとってはよほどの事だったのだろうか。

ひとしきりむせ返った後、熊岡は苛立たしげに前髪をかきみだした。セットが崩れるんじゃないだろうかと少し心配になる。

「お前、何を言ってるんだ」

「冗談だって。けどさ、やっぱ熊岡さんって演技上手いよね。全然別の人みたいだったし」

さっきの柔らかい表情を思い出すと、自然に言葉になった。仕草や表情だけで感情を表現するのは本当に難しい事だと思う。熊岡の演技は、そんな細かい所まで考えられているのだと、どこかの評論家が言っていたのを思い出した。

「芝居は上手い下手だけが問題じゃない。どう伝わるかだ。俺はまだまだ、足りない」

せっかく褒めてるんだから、素直に喜んでくれればいいのに、と思いつつも、顔が緩んでしまう。

——本当に、好きで真剣にやってんだな、この仕事。

「ふうん、そういうもんなんだ?」

「小細工をしなくても、そういう力を持っている人間もいる」

ほとんど独り事のようなボリュームで零された言葉は、誰に向けてのものだったのだろう。首を傾げていると、切れ長の目が、不意に間近で顔を覗き込んでくる。綺麗な顔のアップに一瞬怯《ひる》んでしまっていると、熊岡はどこか急くように呟《つぶや》いた。

「何も、感じないか」

「何もって、何が?」

「だから、この空気に触れて」

言葉と同時に伸びてきた白い手が肩に触れる。形のいい爪が制服の白シャツに食い込んで痛いから、

摑み返すと、まるで佐倉井から仕掛けたかのように熊岡の方が震えた。

「佐倉井っ、離せ」

そう強い力で摑んでいる訳ではないのだから、振りほどけばいいのにと思う。ちょっと摑んだくらいでこの反応。もしかして、人に触られるのが苦手なんだろうか。だから、セックスにも混ざってこないし、見てるだけなんだろうか。

——でもそんな事で俳優なんてやってけるのか？

「さくら、い」

聞いた事のない心細い声が響いて、思わず手を離すと、ほっと息をつかれたのが分かるのに、熊岡は何か言いたげに佐倉井を見つめた。

なんだろう、この感じは。今、ここで捕まえた方がいい気がする。

「ね、さっきのどういう意味？」

この空気というのは、撮影現場という事だろうか。素人がこういう特別な場所にいれば、緊張もするし好奇心もでるもので、佐倉井が平然としている事が不思議なのかもしれない。

「くまお——」

呼びかけようとした時だった。駆けてきたスタッフが、熊岡を呼び、なにやら指示を伝える。監督が呼んでいると聞こえた気がするが、熊岡は何も言わずに歩きだした。

それを見送りながら、眉をひそめる。

本当に、さっきのは何だったんだろう。珍しく自分から近づいてまで、一体何を言いたかったのだろう。白い手を掴んでいた感触が残る手の平を見つめていると、不意に知らない声に呼ばれた。

「ねえ、君」

顔を上げると、にこやかな笑顔を浮かべた優男《やさおとこ》が佐倉井に向かって手をあげていた。

四十を少し過ぎたくらいの男の落ち着きと、迫力。線の太い前髪を後に流しているから、形の良い眉と底が見えないような目が良く見える。

俳優の豊中達哉《とよなかたつや》だった。

テレビや映画でよく見かける顔だ。

ベテラン実力派と冠がつくのを、何度も聞いた事がある。優しげな顔なのに、どこか迫力を感じるのは、今まで見てきた役柄のせいもあるかもしれない。

去年の映画では、思いきり悪役をやっていて、笑いながら人を貶《おとし》める姿は本気で怖いと思った事を思い出す。

ドラマではマイホームパパをやっていながら、映画ではそのギャップを出せる。芸能界に疎《うと》い内野でさえ、知っていると言っていたくらいだから、その人気は言うまでもないという所だろう。

その有名人が、何故自分に声をかけているのかが分からず、思わず後ろを振り返った佐倉井だが、そこには誰もいない。確かに佐倉井に話しかけているらしかった。

——あ、でかい袋とか持ってるし、スタッフと間違えているのかも。

一人納得して、慌てて笑顔を作った。

「俺はただの出前ですから」

豊中は浮かべた笑みのままで、佐倉井の顔を覗きこんでくる。

「そうなの？　何の出前なんだい？」

「サンドイッチです。食べますか？　熊岡さんの差し入れって事で」

「圭の差し入れ？　それはいいね」

豊中は面白そうに声を上げて笑うと佐倉井の持っている袋からサンドを一つ取り出し、そっと佐倉井の顎《あご》に触れた。

急な仕草に、身体が固まる。

「な、」

「それで、君は圭の何なのかな？」

顔は笑っているのに、その声はやけに低く、冷たく感じた。耳元で囁かれただけなのに、身体中をめぐって体の中身を全部冷やすような声は、確かに熊岡を「圭」と呼んだ気がする。

「何って」

嘘や誤魔化しが通じないととっさに悟ったが、熊岡との関係を人に説明するのも難しい。

「えーと、知り合い？」

「ただの知り合いじゃないよね？　圭が現場に他人を呼ぶなんて、初めてだ。どれだけ特別なんだろうね？」

——そう言われても、俺は出前に来ただけだし、熊岡さんに拾われて怪しげなバイトの代わりに家賃タダで家に住まわせてもらってるってだけで、これをどう説明したらいいんだ？

考えあぐねているうちに、豊中さんの大きな手が顎から頰にかかる。

その瞬間だった。

「達哉さん！」

よく通る、耳触りの良い声が降ってきて、同時に豊中は佐倉井から手を離した。ほっと息をつく佐倉井の前に、熊岡が姿を見せる。かと思えば、そのまま豊中の襟首に摑みかかった。

「何やってるんですか」

「おいおい、ただ出前君と喋っただけだよ？　そんな怖い目で睨まないでくれないか。彼が何者なのか知りたいと思ってね」

「——知り合いです」

途端、豊中は噴き出した。

「二人揃って知り合いだと言うなんて、怪しすぎるよ。もしかして、この前犬を拾ったって言ってた……」

——犬？

拾った、というからにはまさか俺の事なんだろうかと、複雑な気分だ。

「達哉さんっ！」

「ふうん。この子がね」

豊中は佐倉井の頭の天辺から足の先まで、まじまじと見つめた。まるで値踏みでもされているようで、落ち着かない。何故、こんな目で見られているのだろうか。

豊中は、もう一度、ふうんと頷《うなず》いてから、手にしていたスモークサーモンとチーズのサンドを口にする。

「これ美味いね」

「だから、配達を頼んだんです。今日は矢吹が居なくて」

「本当にそれだけ？」

「他に何の理由があるんですか」

「まあ、そういう事にしてあげてもいいけど。それにしても珍しいからね、気にするなという方が無理な話だろう？」

黙りこむ熊岡の頭に、豊中は大きな手を乗せると、細い髪の束をそっと撫でた。不思議と熊岡は静かで、佐倉井は内心眉をひそめた。

——さっき俺が手を握った時には、あんなに嫌そうだったのに。豊中さんなら、髪を撫でても大丈夫なんだ？

先輩だから拒めない、という理由なのかと思ったが、それにしても熊岡は慣れた様子で軽く首を振っただけで、制止の言葉も吐かない。

——それってつまり、特別なのは俺じゃなくて、豊中さんの方なんじゃないの？

特別、という言葉を思い浮かべると、自然に目が細まる。

——まさか、デキてるとか？

豊中からの態度や、熊岡の豊中への態度。佐倉井は自分が人の気持ちに疎い方ではないと自負している。熊岡が何を考えているのかはさっぱり分からないが、豊中に気を許しているのは分かる。

豊中も、熊岡に近づいた佐倉井に探りを入れているとしたら、納得できる。

そう思うと、何故かどこかが痛むような気がした。

遠い記憶が、よみがえる。

真摯《しんし》な目で、真っ直ぐに未来を語る姿。

俺とは違う、と思った。違いすぎると。

同じ場所に居てはいけないのだろうと思ったから、佐倉井はそこから降りたのだ。

「佐倉井」

不意に呼ばれて、我に返る。また無愛想に戻った熊岡が続けた。

「もういいから、帰れ」

豊中と話すのには、他人が邪魔なんだろう。

暢気《のんき》な顔で、もう一つ、と手を伸ばしてくる豊中の胸に、サンドの袋を押し付けた。

「よかったら全部、どうぞ。駅前の通りを二本入った奥にあるブルーグラスっていうカフェです。よかったら一度来て下さいね」

これで、店長の気も済むだろう。豊中達哉に渡して来たと言えば、上出来のはずだ。

もうここにいる理由はない。

言い終えると、くるりときびすを返し、佐倉井はその場を後にする。

ちらと振り返った先、見送りもしない熊岡と豊中が寄り添って話をしている。まるで自分には入り込めない世界のようで、その事だけが、いつまでも頭をめぐって離れなかった。


熊岡は何も変らない。相変わらず、唐突にホテルに呼びつけては、男を抱いてみせろと言う。家ではあまり顔を合わせない。

　これを居心地がいいと思っていたくせに、最近、佐倉井は落ち着かなくなっていた。何度も、豊中と熊岡の姿を思い出してしまうのだ。

　怪しいと思えば思うほどに、納得が出来ない事がいくつも浮かんでくる。

　もし、熊岡が豊中と恋人同士だったとしたら、佐倉井にさせている事の意味が分からない。自分を拾った意味も分からなければ、豊中がそれを黙って見ているのも分からない。

　何より、そんな事を考え込んでしまう自分自身が一番分からない。

　こんな事、今までなら流してこられたはずだ。深く考えないのは悪い癖だと何度も内野にも言われて来ている。それなのに、考え事なんて自分らしくない。

　気を取り直して、遅めの夕食にしようと冷蔵庫を開けた所で熊岡が帰って来た。驚いたのは、矢吹が一緒だったからだ。

　その矢吹に肩を抱かれた熊岡は、ぐったりとした様子でうつむいているのが、気に掛かる。

「どうしたんですか？」

「撮影が終わった所で急に倒れたんです。熱がある」

「え、大丈夫なんですか？」

　佐倉井の質問に答えたのは矢吹でなく、ソファーに下ろされて大きく息をついた熊岡の方だった。

「大丈夫だ」

声の端が、微かに震えているのは、熱のせいなんだろうか。その言葉が終わるのを待たずに、矢吹が珍しく声を荒げた。

「大丈夫じゃないだろう？　こんなに体調を崩すのは珍しいじゃないか。ちゃんと休みなさい」

「休まない」

「何とかしてスケジュールは調整したから、明日だけでもしっかり休んで。薬飲んで下さいよ？」

矢吹は病院で処方された薬をテーブルに置いてから、佐倉井を見る。

「熊岡君の事、頼めるかな」

軽く頷くと、矢吹は何度も熊岡にちゃんと休めと念を押しながら帰っていった。

頼まれたからには、仕方が無い。ソファーにもたれ掛かった熊岡の前で薬の袋を振ってみる。

「薬飲まないの？」

「うるさい、放っておけば治る」

「もしかして、薬苦手なのかな、とか」

熊岡は黙ったままで顔をそむける。

沈黙は、肯定だ。その目が、どこか拗《す》ねるように細められたから、尚更だ。

本当に薬が苦手だなんて、まるで子供みたいだ。

熊岡に拾われてから二ヶ月近くになるが、こんな隙だらけの姿は初めて見る。裏バイト以外で、ここまで近くに居るのも初めてかもしれない。そう思うと、妙に気分が浮き立ってしまう。

「水、用意したから薬飲んでね？」

「いや、だ」

呂律《ろれつ》が怪しい。本格的に熱が上がっているのだろう。このままでは、矢吹に言い訳も出来ない。薬袋の中から錠剤を取り出して熊岡の目の前に差し出すけれど、無視された。

どれだけ苦手なんだよ、と思いつつ軽口を叩く。

「だったら飲ませてあげようか？　口移しで」

「なに、言って」

「それが嫌なら、ちゃんと飲むこと」

熊岡は薬と佐倉井を交互に見つめていたが、諦めたように薬を手にした。熊岡が素直に言う事を聞く姿は新鮮で、勝手ににやけるくらいに嬉しい。

薬を飲んで力尽きたのか、熊岡はそのうちソファーに横たわったまま、寝息を立て始めてしまった。よほど、限界だったのだろう。このまま寝かせてあげたい所だけど、そうもいかない。

「熊岡さん、ベッドで寝ないと」

「いい」

だからこのまま寝かせろという事なのか、ソファーの上で丸くなってしまった。

ほっとけというなら、放っておくのが正解なのだと思う。けれど、時折苦しそうに息をする姿が、どうしても気になって仕方が無い。

佐倉井の前では無愛想な変態だが、これでも立派な俳優なのだ。撮影の風景を思い出しながら、眠る体をそっと抱き上げた。

熊岡の部屋はリビングから繋がっている。普段はドアにも触れないのだが、今日は特別だ。抱き上げた体はやっぱり熱くて、熱はかなり高いのかもしれなかった。

部屋のドアを開ければ、すぐに大きめのベッドが目に入る。というか、他には本棚くらいしかない無機質な部屋だった。枕元に無造作に置かれたノートパソコンを避けながら、熊岡をシーツに横たえると、佐倉井は大きく息をはいた。細く見える熊岡の体は、予想外の重さだったからだ。

休ませるのにこの格好のままというのはどうかと思い、手近にあったTシャツとスウェットを手にとって、汗ではりつく服を脱がせた。

白細く見えるくせに、身にまとう服を剝《は》ぎ取ってみれば、実は結構しっかりした体をしていた。寝息を立てる熊岡の白い肌から目が離せないまま、知らず息を詰めていたことに気付き、慌てて頭を振る。

——何考えてんだ、俺。

これが好みの可愛いタイプなら、おいしい状況かもしれないけれど、何せこれは熊岡圭なのだ。妙な気にでもなったら困る。

そう思い背を向けたというのに、佐倉井は熊岡の部屋を出る事が出来なかった。

服の裾を何かが引いたからだ。振り向けば、熊岡の指が服に繋がっている。相変わらず寝息を立てているのだから、寝ぼけているのか、無意識だろう指先は、けれど、しっかりと佐倉井の服を引いていた。

これは。ここに居ろという事なのだろうか。病気になると心細い気分になるのは分かる。それはどうやら熊岡でも同じという事らしい。

考えると、妙に面白くなって、佐倉井はベッドのへりに腰掛けてみた。綺麗な寝顔だと思う。けれど、切れ長の目が閉じているせいか、いつもより随分と幼く見えた。

細い髪束を手にとってすきながら前髪を撫でると、薄い唇の端がそっと持ち上がる。笑っているのだと気付くには少しかかった。

——もしかして、気持ちいいのかな。

こんなにまじまじと近くで顔を見るのは初めてだった。昔から整った顔をしているとは思っていたけれど、ここまで綺麗になるなんて思いもしなかった。でも、変わらないものもある。こんなにすぐに寝る程に高い熱があるくせに、休まないと言った真剣な顔は、昔のままだ。

見慣れない隙だらけの寝顔に、心臓が大きく脈打つのが分かった。例えば、熊岡のこんな顔を知っている人間が、どれだけいるんだろう。

考えてしまえば離れがたくなって、佐倉井はそのまま前髪を撫で続けながら、一緒に寝こけてしまい、次に意識を取り戻したのは、熊岡の怒鳴り声が響いた時だった。

「さ、佐倉井っ、何してるんだ！」

耳元で響く声で目を覚ますと、ベッドから半身を起こした熊岡に耳をつねり上げられた所だった。

「痛、痛いって！」

「早く出て行け」

「何だよ、あんたがソファーで寝るからいけないいんじゃんか。具合悪いくせに。あ、熱下がった？」

額に手を伸ばせば、伝わってくる体温は昨日よりはましになっているようだった。ぼんやりと佐倉井を見ていた熊岡だったが、急激に目が覚めたようにその手を払いのける。

「やめろ、触れるな」

「昨日は自分から縋《すが》ってきたくせに」

「そんな訳、ないだろ！」

「ソファーから俺が運んだんだよ？　あんた鍛えてるんだね、結構重かった」

「っ！　細くなくて悪かったな！」

怒鳴る声を背に佐倉井は腰を上げる。随分元気になったとはいえ、相手は病人なのだ。あまり刺激しない方がいい。それに、腹が減った。

「そうだ、メシ食えそう？　ついでだし、作るよ」

「メシ？　お前、料理できるのか」

「簡単なヤツならね」

ＮＯの返事がないという事は、作っていいという事なのだと勝手に解釈して、佐倉井はキッチンに向かった。

冷蔵庫には簡単な食材しかない。バイト先で仕込みを手伝う事もあって、店長から少しは料理を教えてもらったりもしている。料理は嫌いじゃない。

パスタに使ったシメジの残りと葱があったから、雑炊くらいなら作れる。後はホウレン草でも炒めれば充分自分用の食事にもなるだろう。

ダシ汁に味付けをしてシメジを放り込んだ所で熊岡がふらふらと部屋から出てきた。冷蔵庫からミネラルウォーターを取り出しながら、ガス台の鍋に目を移して不意に口を開く。

「お前、本当に料理できるんだな」

「バイトで少しやってるから。でも簡単なのしかできないよ。それより、コーヒーでも入れる？」

「いや、体調が悪い時はカフェインをとらないようにしている」

熱は下がっても、まだ本調子ではないのだろう。

「お前は、本当に何でもできるな」

どこか遠くを見るような目が、ようやく鍋から離れて佐倉井を捕らえる。それは、料理の事だけではなく、何か他の事を言っているように思えた。

確かに、佐倉井は何でもそれなりにこなす事はできると思っている。これといって苦手な事もないし、器用だと言われる事も多い。

けれど、それだけだ。

「何でも出来る、は、何にもできないと同じだよ」

――俺には、何もない。

人生を賭けるようなものも、誇れるほどに打ち込めるものも、何も。空っぽなのだ。それなりに楽しめれば、それでいいと思いながら、それをどこか冷めた目で見る自分が居る事も気付いていた。

比べれば、熊岡が眩《まぶ》しいほどだ。

「ねえ、俳優って大変でしょ？」

「あ？　なんだ急に」

「熱出たのも、忙しいからかと思って」

熊岡は眉をひそめながら、けれど真っ直ぐな目で佐倉井を見つめ、やがて薄い唇から意思の強い声が吐き出された。

「大変だとは思わない。楽ではないけど、これが俺のやるべき事だからな」

真摯な目で、真っ直ぐに見つめてくる熊岡に、佐倉井は自嘲した。

——ああ、あんたはそう言うだろうと思ったよ。

違いすぎるのだ。自分とは。

「佐倉井？　何だ、急に」

「あ、ごめん、何でもないよ。もうすぐできるから、待ってて」

雑炊を仕上げる為に冷蔵庫から卵を取り出すのに、熊岡はキッチンから動かない。どうしたのかと思いながら卵を割ると、感嘆が洩れた。

「ちょっと、何？」

「綺麗に割るもんだと思って」

「いや普通だから」

「いつか、料理シーンを演《や》る事もあるかもしれないな」

ほとんど独り事のボリュームで零すと、熊岡はおもむろに卵を手に取ってシンクの角にぶつけた。

あ、と言う間もなく、力任せにぶつけられた卵は無残に潰《つぶ》れてぽたぽたと床に滴《したた》りを作る。

「ちょっと、何やってんの！」

「難しい」

「力入れすぎだからだよ！　もう、器出すからその上でやって」

何で俺がここまでしなきゃならんのだ、と思いつつ丼を渡すと、熊岡はもう一度卵を手にする。

「軽くだよ。角にぶつけないで、丼の縁《ふち》に当てて」

「軽く、軽く」

呟きながら卵を器にぶつけるが、今度は優しすぎてヒビも入らない。こつん、と頼りない音を立てただけだった。

「あんた、極端だから」

「だって、難しいだろうがっ」

もし、これが人生初体験なら、確かに難しいのかもしれない。でも、たかが卵を割るなんて事ができない程に不器用だとは思わなかった。

知らず顔が緩んで、怒られた。

「にやけるな」

「あ、ごめん。教えるから、頑張って割ってみてよ」

言い放つと佐倉井は熊岡の後ろに立つ。背中から腕を回すと、息を呑むのが分かった。

「さく、らいっ」

「ほら、卵持って。俺も一緒にやるから」

熊岡の手に自らの手をかけて、卵を丼の縁にぶつける。微かな手ごたえを感じると、卵にはいい感じにヒビが入っていた。

「このヒビを下にして、親指を添えんの」

珍しく大人しい熊岡は素直に言う事を聞き、佐倉井はその指に手を添えて一緒に卵を割った。

「ね、上手くいったでしょ？」

こんな簡単な事なのに、熊岡は感慨深そうに自分の手の中の殻《から》をぼんやりと見つめている。そっと手を離すと、我に返ったように鋭い視線が佐倉井を見上げた。

こんな近くで顔を見たのは新鮮だから、知らず息を呑んでしまう。整った顔は好みじゃなくても、見ほれるには十分なのだ。

「やっぱ、あんたってカッコいいよね」

つい、思ったままが口に出た。

また怒鳴られるかと覚悟を決めたのだが、熊岡は何か言いたげに佐倉井を見つめたままで何も言わない。

妙な沈黙が流れた。

そのうち、痺《しび》れをきらしたのは佐倉井の方だった。

「鍋、噴き零れそうだから」

「あっ？　あ、悪い」

そのまま熊岡は逃げるように背中を向けた。部屋に戻るかもしれないと思った背中は、意外にもソファーの前で止まる。そのまま座り込んだ所をみると、一緒に食事をするつもりらしかった。

元々独り暮らしの熊岡の部屋には大きめのテーブルはない。ソファーの前に申しわけ程度にある小さなテーブルが食卓なのだ。出来上がったばかりの雑炊と、熊岡が割った卵で作った目玉焼きを並べると、微かな声が聞こえた気がする。それは確かに、

「ありがとう」

と聞こえた。

思わず覗き込んだ顔の端、頬骨の脇あたりが赤く染まっているのは、気のせいじゃないと思う。熱のせいかとも思ったが、そうじゃないといい。

途端に、にやける顔は隠しようもない。

――なに、可愛いとこあるじゃないの。

こんな事なら、もっと早く打ち解けたかったのに。

「どう、美味い？」

笑いを殺しながら雑炊を指すと、熊岡は小さく頷いた。

「うん」

普段からは想像もできない程に素直に頷く姿は、まるで小さな子供みたいで、とうとう笑い声が殺せなくなった。

「何だっ」

「いや、可愛いなって」

「かっ、またそんな事っ。そんな訳無いだろう」

「んー、あんた自覚無いだけだって」

自分の知っている普段の顔が変態無愛想だからか、このギャップの破壊力ったらない。熊岡には悪いけど、熱出してくれてよかったとまで思ってしまう。

止まらない笑いの側、熊岡が苦々しく呟く。

「熱なんて出すんじゃなかった」

「俺はよかったけどな。せっかく一緒に暮らしてるんだし、こういう時間があったら、やっぱり嬉しいなとか思って」

熊岡は暫く黙りこんだまま雑炊をすすっていたが、ぽつりと零した。

「だから嫌だったんだ。お前は簡単に入り込んで来る、簡単に」

「嫌？」

確かに聞こえた言葉を反芻《はんすう》すると、熊岡はハッとしたように口をつぐみ、暫くしてからそっと零す。

「――なんでもない」

何かを飲み込んだような言葉の続きが気になったが、その疑問は次の言葉でかき消されていく。

「お前、料理も上手いな」

雑炊をかきこんだ熊岡が、珍しく褒めてくれたのだから仕方ない。単純にそれを喜びながら、思わずお代わりの準備なんかをして、暫く穏やかな時間を過ごした。

すっかり食べ終えて、少しは元気を取り戻したのか、熊岡はしっかりした足取りで部屋に戻っていった。これでゆっくり寝れば、熱も下がるだろう。そう思いながら片付けを済ませた所で、ふと気付く。

熊岡の部屋から、声がするのだ。

客が来た様子もないから、これは熊岡の声だろう。電話の声にしては大きすぎるし、どうしたのだろうとドアに身を寄せると、どうやら芝居の練習でもしているようだった。

せっかく調子よくなりそうだったのに、ここで無理をしたら意味がないのじゃないだろうか。

おせっかいを承知でドアをノックすると、途端に静まり返った部屋の中から、小さく、はい、とだけ聞こえる。これは開けていいという事だ。

お言葉に甘えてドアをそっと押し開けると、ベッドの上に座った熊岡はやっぱり手に台本を握り締めていた。

「あのさ、あんま無理しない方がいいんじゃないの？」

「無理してない」

「けど、まだ熱あるんなら寝てた方がいいと思うけど」

「大きなお世話だ。今摑めそうだったんだ、邪魔をするな」

邪魔とはっきり言われてしまえば、佐倉井の出る幕なんてない。けれど、さっきまで、ほんの少し距離が縮んだ気がしていたから、元の熊岡に戻ってしまうのが少しだけ惜しい。

怒られるのを承知で口を開く。

「摑めそうって、役の事？　熊岡さんでもそんな苦労するんだ」

「……俺は天才じゃないからな。いつだってこんなもんだ。人間観察が足りないと言われて、一日中通行人を見ていたりする」

「あ、もしかして、ウチの店に居るのもそれ？」

「そうだ——。こんな姿、格好悪いだろう」

まさか、そんな訳がない。熊岡圭が天才型じゃなく、努力型な事くらい、前から知っている。勿論才能もあるだろうけど、この人は、いつだって誰より努力している人だ。

「そう？　格好いいと思うけど」

これが嘘でも、お世辞でもない事が伝わるように、真っ直ぐに目を見つめると、熊岡は暫くぼんやりしていたが、そのうち黙ってうつむいてしまった。

けれど、その耳の端が赤く染まっているのが見えてしまえば笑いが殺せなくなって、また怒られることになるのだけれど。

この頃、調子がいい。

なんとなく気分が浮き立つような気がするのは、熊岡と少しは打ち解ける事が出来たからかもしれない。

熱で寝込んでからというもの、熊岡とタイミングが合う事が増えて、一緒に夕食をとったり、ぼんやりテレビを見たりする事も増えた。これはとんでもない進歩だと思う。

それにつれ、普段の熊岡の姿が見えるようにもなってきた。前は基本的に部屋から出てこなかったけれど、最近はリビングで台本を読んだりする事もある。一度覗き込んだそこには、赤ペンで色々と書き込みがあって、熊岡が真剣に打ち込んでいるのが分かった。

世間で演技派と言われる根底には、こういう普段の努力があるのだと知っている人間は、きっと数少ない。そのうちの一人が自分だとするなら、そのことは何故か俺の心を浮き立たせた。

無愛想できついけど、卵も割れない不器用で、実は努力家。

知るほどに、面白い人だと思う。

そして、その中で例のバイトだけが異質だった。

それはカフェのバイト中にも不意に佐倉井の心に浮かんでは、その度に首を傾《かし》げるはめになる。

月末の多忙を抜けて、久しぶりに内野の姿を見た時はちょうどいいと思った。こんな話が出来るのは、内野しかいない。

食後に、とリクエストされたミルクティーをゆっくりとテーブルに置きながら、何気なく口にしてみせる。

「そういや、最近例のバイト無いんですよね」

ミルクティーのカップを口に運びながら、内野は忌々《いまいま》しげに佐倉井を睨んだ。

「お前、まだ彼の所に居るのか。深入りすんなって言ったろうが」

「そうだけど、大丈夫だって。案外普通の人だし」

多少面白いけれど。

熊岡を思い出しながら口にすると、勝手に頬が緩む。気味悪げにそれを眺めていた内野は、やがて吐き捨てるように言った。

「普通の人が、あんな事させる訳ないだろうが」

それは——そうなんだろう。

熊岡の色んな顔を見る度に、その違和感だけがはっきりと浮かび上がってくるのは本当だった。

最初は、興味半分だった。

好みの男を抱けて、家賃がタダになるならそれだけでよくて、理由を深く考えるのは面倒だと思った。

でも、今頃になって、気になってくる。

「ねえ、何であの人はあんなバイトさせるんですかね」

「だから変態か、使い物にならないかだろ」

「そうなのかな」

ひっかかるのは、豊中の事があるからだ。熊岡と二人のあの雰囲気から察するに、何もないとは思えない。

豊中の事を思い出すと、落ち着かない気分になる。嫌いな俳優ではなかったはずなのに、最近は妙に気に入らないのだ。

「ただの嫌がらせとか？　お前、嫌われるような事したんじゃないのか。ほら、昔とか」

嫌われるような事をした覚えはないつもりだ。昔、といってもほとんど関わった事はないし、熊岡がいちいちそんな事を覚えているとも思えない。

それでも、何かざらりとするものが胸元を通り過ぎる。

『だから嫌だったんだ』

確か、熊岡にそう言われたような気がする。

――嫌、か。俺が嫌いのかな。でもだったら、なんでわざわざ俺を拾ったり――。

少し考え込んでいたからだろうか。

内野の手が胸元に触れるのに気付かなかった。軽く握った拳で佐倉井の胸元を軽く叩いてから、内野は珍しく、優しく微笑んだ。

「まあ、なんだ。そろそろウチに来てもいいぞ？」

それは佐倉井の希望だったはずだ。内野とならなんの気兼ねもなく一緒に居られる。怒りながらも、上手く甘やかしてくれる心地よさは、何ものにも代えがたいほどだ。

それでも佐倉井は熊岡の顔を思い出していた。あまり考えていたからだろうか。店の外、オープン席の前できびすを返している熊岡を目ざとく見つける事ができたのは。

一瞬、目が合った気がしたけれど、熊岡はそのまま背を向けて帰っていく。

新しい作品に取りかかってから忙しくなったのか、最近はここに来ることもあまりなかった。追いかけて声を掛けたい衝動にかられたが、仕事中にそうする訳にもいかない。

どうしたんだろ。

「佐倉井？」

内野の声に我に返って、笑みを浮かべてみせる。

「あ、うん、ありがと。でも、俺もう少しあの人の所に居てみます」

「仕方ねえな。なんかあったらすぐ、うちに来いよ」

内野の中で熊岡はどういうイメージになっているのだろうと思うと、やたらおかしくなった。

時間通りバイトを終らせて、お土産にと自ら仕込んだマリネをパックに詰めて、いつものようにマンションに帰る。熊岡は部屋にこもっているようだった。

普段なら声をかける事はない。けれど、さっき店の前まで来たのに戻っていった事が気になっていたから、そっと部屋のドアをノックしてみる。が、返事はない。

もう一度叩くと、軽く開かれたドアの隙間から、眉をひそめた不機嫌顔が見えた。

「あ、ただいま。お土産あるけど」

天岩戸ではないが、熊岡はお土産につられたのか、存外素直に部屋から出てきた。

マリネを指でつまみ食いする姿に、思わず笑い声が洩れてしまって、睨まれた。

「何だ」

「だって、そんなに腹へってんの？」

「いいだろう。これ、美味いな」

「でしょ？　俺が作ったんだよ。内野さんにも食べて貰ったけど、あの人すっぱいの苦手だから嫌だとか可愛い事言うし」

軽口のつもりだった。きっと熊岡は鼻で笑うか、つれない言葉をくれるか、そんなものだろうと思っていたけれど、違っていた。

部屋中に響くほどの、舌打ちが聞こえる。

何事かと振り返れば、厳しい視線を送ってくる熊岡と視線が絡んだ。目が合った瞬間だけ、その光が緩んだ気がしたが、それは気のせいだったのかもしれない。なぜなら、今、容赦なく鋭い切れ長の目で睨まれているからだ。

「なに？」

何か、気に入らない事をしたのだろうか。けれど、心あたりもない。受けて立つつもりで見つめ返せば、熊岡はふいと視線を逃がして、うめくように吐き捨てる。

「今から久しぶりにバイトするか？　そんなにアイツがいいなら、呼んでやるから」

あまりに唐突な言葉に、眉をひそめる。

「は？　急に何言ってんの、だいたい誰呼ぶって？」

「アイツだ、いつもお前と話してる、今日も居ただろう、ブルーグラスに」

「内野さん？　何でそんな馬鹿なこと」

熊岡は佐倉井を見ない。

「アイツがいいんだろ？　お前の好きな可愛い系だしな！」

壁を見つめたままで、まるで吐き捨てるように続けるから益々意味が分からなくなった。

「ちょっと、マジで何言ってんの。あの人とはそんなんじゃないし、絶対にありえない、そんな人じゃないんだ」

内野が聞いたら絶対怒り狂うだろう。高校から何かと世話を焼いてくれるのは、面倒見がいいからで、それを佐倉井は心底ありがたいと思っている。ふらふらしてる事も、真剣に怒ってくれるし、内野に嫌われたらもう、終りだと思う。

——俺が勝手に兄貴みたいに思って甘えてる。

それを、

「アイツが好きなんじゃないのか？　お前、誰にでも愛想振りまくけど、アイツの前では全然違う顔してるくせに」

何故、こういう言われ方をしなければならないのだろう。

多少、頭にくる。

「ちょっと、あんたね」

こっちを見ようともしない綺麗な顔を、睨みつけようと細い顎を摑む。途端にびくりと跳ねた肩の勢いに押されたように、切れ長の目が俺を捕らえる。

「大事なやつには手を出さないとでも言うつもりか？　いいじゃないか、口実をつければ堂々と手が出せる」

憎らしい声で言うくせにその目は弱々しく揺れていて、もう、訳が分からなくなった。

「そんな事言うならさ、あんたと豊中さんだって結構怪しいと思うけど」

本気で問い詰める気はなかった。ただ、何故か責められている今の状況に腹が立っただけだったけれど。熊岡は目を見開いてから、そっとそらす。

これは否定ではないと思った。

「まじで、付き合ってんだ？」

知らず、声が震えた。

「違う。今は、もう、何でもない」

それはつまり、前はそうだったという事だろうか。

——熊岡さんと豊中さんが。

なんなのだそれは。使い物にならない訳ではないのか。男とできるなら何故俺にあんな事をさせるだけで、自分でしないのか。

——本当に付き合ってたんだ？

前から怪しいと思っていたのに、今更息が止まる。

途端に、前に見た誰も入れないような世界を作る二人の姿を思い出す。

熊岡の、テレビとは違う顔を結構沢山見たと思っていたけれど、豊中はもっと沢山見ているのかもしれない。

そう考えるだけで、頭に血が昇る。

自分の事はいつまでも苗字で呼ぶのに、豊中の事は名前で呼んでいた。そんな事までが頭を過《よ》ぎっていく。

だいたい、何でこんな話になったのか。

もう、頭の中でぐるぐると、色々な言葉が回って落ち着かない。

瞬間、内野との会話が頭にはじけた。

『お前、嫌われてるんじゃないのか』

——この際だ、聞いてやる。

「あんたさ、なんで、あんなバイト、俺にさせるの。もしかして、嫌がらせ？　俺が嫌いなわけ？」

こんな質問今更だと、また睨まれるかもしれないと思ったけれど、熊岡は途端に息を吞んで、うつむく。その反応に驚いたのは佐倉井の方だった。

黙り込んだまま、熊岡の視線は床を這い、それから何かを探すようにゆっくりと佐倉井の顔に戻ってくる。

どんな憎らしい顔をしているのかと思った。けれど、そこには鋭い視線も、嫌味な唇の歪みもなくて。

ただ、今にも泣きそうに揺れる目で、薄い唇がそっと揺れた。

「嫌いだ」

全然、説得力がない。

声の端が震えているし、力がない。

これはどういう意味なんだろう。

無意識に、唇が開く。

「芝居、下手になってるよ」

「な、に」

「嫌いって顔、してない」

本当にそうなら、何故、そんな揺れる目で心細い声で、そう呟くのだろう。

顎を摑んだままの佐倉井の手を、不意に払った熊岡はシンクの下扉に拳を打ちつけた。鈍い音が響いて、台に乗せたままだったマリネのパックが振動で揺れて、床に転がり落ちる。

「きらい、だ、お前なんて！　勝手に現れて勝手に居なくなって、俺はお前の事なんて忘れていたんだ、気にしたりしてないっ」

何の事かと思う。

勝手に現れたはまだしも、勝手に消えたりはしていない。今だってこうして目の前に居るのに。

「何言ってんの、あんた？」

「っ、知らない」

よく分からない事をわめいたままで、熊岡はまるで逃げるように佐倉井に背を向けてキッチンから出て行くけれど、それを許せるはずもない。背中ごしに肩を掴んで力任せに引き寄せると、簡単に胸元に転がり込んでくる。

見た目よりしっかりした体を受け止めても、まだ暴《あば》れるから、背中は壁に押し付けてやった。

「佐倉井っ」

睨まれたけど、知らない。

「もう、マジで意味が分かんないから。ちゃんと話しよう？」

「知るかっ、お前はさっさとアイツの所にでも行けばいいだろ！」

また内野の事だ。これじゃまるで、ヒステリーだ。女の子がヤキモチでも妬《や》いているみたいだな。

そこまで思って、心臓が跳ねた。嫉妬、している？

まさか、そんな。でも他に理由が見つからない。

「もしかして、妬いてる？」

つい、口にすると熊岡は唇を噛んで顔をそむけた。怒っているかと思ったが、耳の端が赤い。

「そんなんじゃない」

否定する口調が弱い。

声が震えている。

これは図星なのだ。

――やばい、嬉しい。

それは体中を駆け抜けた衝動だった。

衝動は胸元から頭に伝わって、体中をめぐった。心臓が跳ね上がる。

やばい。

もう一度、頭の中でその言葉が響いた時にはもう、遅かった。

気付けば唇を重ねていた。

「んっ！」

息を呑む反動で零れた熊岡の声がやけに艶《つや》っぽくて、佐倉井の理性を簡単に壊す。

「っふ」

零れる声すら惜しくて、口腔《こうこう》中をかき回せば、壁に押し付けていた肩から下が大きく波打った。

唇は、甘くて熱かった。

たまらなくなって貪《むさぼ》ると、震える手が腕にかかるのが見える。

もっと、深く――。

触れた舌を軽く噛んで吸い上げると、縋り付いていた手が胸元を叩き、とっさに体を離した。

息を乱す熊岡は壁を伝ってずるずると床に座り込み、目元を押さえている。

「なんで、こんな事するんだ……」

うめくように呟いた熊岡に応えることもできず、ぼんやりと見下ろしながら、ようやく佐倉井にも理性が戻ってきた。

なんで、こんな事になったんだろう。

キスなんて、するつもりはなかった。

元々は機嫌の悪い熊岡がやけに絡んできたから。

豊中さんと付き合ってたくせに、俺にあんな怪しいバイトさせてるから。

下手な演技で嫌いって言うから。

内野さんに妬いたから――。

次々と頭の中に言い訳を並べたてているうちに、熊岡は逃げるように部屋から出て行く。

その背中を追いかける事もできないまま、佐倉井はいつまでも馬鹿みたいに突っ立っていた。

薄い唇の熱がいつまでも忘れられない。

綺麗な顔が苦しさに歪んで、けれど苦鳴は色っぽかった。

思い出す度に、ぞくぞくと背中を這い上がるようなものに襲われる理由を、深く考えられずにいた。

物事を深く考えないのは悪い癖だと言ったのは、内野だった。今更その言葉の意味が分かってしまう。深く考えれば答えが出てしまう。そうすればもう、そこから逃げられなくなる。

それが面倒で、今まで色々な事をかわしてきたのだ。だから、こういう時、どうしたらいいのか分からない。

何故俺はあの人にキスをしてしまったのだろう。

何故あの人は俺を側に置くのだろう。

答えを出したい事はたくさんある。

教えて欲しい。

けれど、仕事が忙しくなったのか、熊岡はあまり帰って来なくなっていた。

時々家に帰って来ても、まともに顔も見ないまま部屋にこもってしまう。一時打ち解けたような気がしていたのに、今はそれが嘘のようにまた最初の頃に戻ってしまったかのようだった。

これでいいはずだ。最初からそうだったじゃないか。お互い干渉し合う事もなく、気まぐれに呼ばれて気持ちいい事して、それでいいはずだったのに、今はどうしてこんなにそれを足りないと思ってしまうのだろう。

——俺、どっかおかしいのかな。

店長や内野さんにまで、おかしいと突っ込まれる始末だ。

そんな時だった。

豊中達哉が、店に来たのは。

オーラを消す変装をしている熊岡とは違って、豊中はテレビで見ている姿となんの変わりもなく現れた。

あまりにも自然に店に入ってきた早々、

「やあ」

にこやかに手を上げられて、思わず固まってしまう。大きな声を上げなかったのは、自分でも上出来だと思う。

豊中は、一人がけのテーブルに腰を下ろすと、愛想よく笑いながら佐倉井が渡すメニューを受け取った。

ぱらぱらと一通り見た視線が、すぐに佐倉井へと戻ってくる。

「この前のあれ、サーモンとチーズのサンドある？　あれ食べに来たんだよね」

前に熊岡に言われて配達したあれだ。

確かに宣伝はしたが、まさか律儀に店まで来てくれるとは思わなかった。一応礼をしてオーダーを店長に伝えると、すぐにまた豊中に呼ばれる。

「はい、ご注文ですか？」

「いいや。ちょっと話したい事があってね」

にこやかなのは相変わらずだが、その声がひそめられていたからか、そこに迫力を感じ取ってしまい少し怯んだ。

豊中がわざわざ佐倉井に話、と言うからには熊岡の事に違いない。身をすくめると、そんな佐倉井に構わず、豊中は続ける。

「君さ、圭と何かあったのかな？」

単刀直入に切り出されて、思わず心臓が跳ね上がる。

「なんか、って何ですか」

「それを聞いてるんだけどね。最近の圭、おかしいんだよ。調子も崩してるし、小さなミスが続いてる。今日なんかね、階段から転げ落ちたんだよ」

「えっ、大丈夫なんですか」

豊中は、長い足を窮屈そうにテーブルの下で組みながら、そっと顎に手を当てる。やたらその仕草が決まって見えるのは、仕事柄だろうか。

「まあね、怪我はしてない。でも、あの子がそんなミスするの初めて見たから」

熊岡が無事だと聞けば、勝手に身体中の空気が抜けそうな程に安堵の息が洩れた。

——よかった、大丈夫なんだ。

安堵で頬が緩んだのを見ていた豊中は、頬杖をついたままで前髪をかきあげた。長めの前髪がぱらぱらと額に戻る頃、ずっと張り付いていた笑みが消えていることに気付いて、佐倉井は息を呑む。

「それで、君とは何があったのかな？」

何もない、訳ではないが、それで熊岡が仕事に影響を及ぼしているなんて思えない。確かにもめて、キスしてしまったけれど、それを豊中に言う訳にもいかず、ゆっくりと言葉を選んだ。

「何も、ないです」

「本当に？　君と会ってから、圭はらしくない事ばかりなのに」

目を覗き込みながら、心の中まで覗かれる気分になって慌てて目をそらした。やっぱり、この人怖いかもしれない。早くこの場を離れたいのに、豊中は佐倉井を見つめたままで続けた。

「本当だったらいいけどね。ほら、圭って結構面倒な所あるだろう？　君みたいな若い子だと特にそう感じるだろうね。半端に関わると、しんどい思いをするのは君の方だよね。君には荷が重いんじゃないかな」

穏やかな口調で静かに笑っているけれど、その目の奥が少しも笑っていない。

だから手を引けと、そう言われている気がした。

途端に、思い出す。

この人は熊岡の昔の男なのだという事を。熊岡は終わったと言っていたが、豊中はそのつもりはないのかもしれない。

別に関係ないはずだ。佐倉井はただ熊岡に気まぐれで拾われただけで、契約で怪しいバイトをしているだけで、本当にそれだけの関係なのだ。

それでも、無性に苛立つのは、豊中が、まるで熊岡を全部知っているのは自分だとでも言いたげな態度をするからだ。

——もしかして俺をけん制してる？

確かに自分はこの人よりも子供で、熊岡と過ごした時間だって短いだろう。それでも、つい、言ってしまう。

「しんどくなんてないですよ。あの人の可愛い所も知ってるし」

瞬間、豊中は弾《はじ》かれたように声を上げて笑い出したから、驚いたように周りの客が振り返った。

けれど、本人は何も気にしていないのか、面白そうに佐倉井を見たままで口元を押さえている。

「可愛い、か」

「そうですね」

「ふうん、やっぱり君は面白い男だ。そういえば、昔ちょっと芸能界に居たんだってね？　こっちの世界に戻ってくる気はないのかな？　君面白いし華があるから、結構いい所までいけると思うよ」

どこからそんな話を聞いたのか分からないが、今はざわめく店内を収める事の方が重要だ。ついに厨房から店長まで顔を出した。

「別にそんな気は全然ないですよ。それより――」

「そう？　残念だね。君が戻ってくれれば圭は喜ぶと思ったんだけど。だったら、君は圭に何をしてやれるんだい？」

店長が大きく手招きしているのが見えたが、それどころではなくなっていた。

始終、穏やかな空気を保っていた豊中の表情が、初めて厳しく凍りつく。佐倉井を見つめる視線は、どこか責めているようにも感じられた。

――熊岡さんに、何をしてやれるか、だって？

そんな事は佐倉井の方が聞きたいくらいだった。自分に出来る事なんて、何もない。ある程度何でも出来ても、何にも夢中になれない。

昔から、真剣に仕事に打ち込んでいる熊岡とは全然違うのだ。

それを、見透かされている。

初めて悔しいと思った。佐倉井は返す言葉を持っていない。今の自分では豊中に敵《かな》わない。それがたまらなく悔しい。

黙りこむ佐倉井に、豊中はすぐにいつもの穏やかな笑みを浮かべると、席を立つ。

店中の視線が吸い付くように集まるのを自覚しているのか、軽く会釈をした後で店長に手をあげてみせた。

「すみません、やっぱり、テイクアウトでよろしく」

豊中は支払いを済ませると、何の名残も見せずに店から出て行った。

一体、何が目的だったのだろう。

分かっているのは、豊中の言う事はいちいちもっともで正しいという事だった。

自分が熊岡の為に出来る事。いくら考えても何一つ浮かんでこない。だって、今までそんな事考えた事なんてなかったのだ。

今がそれなりに楽しければそれでよかったし、物事を深く考えるのも苦手だった。それでも暮らして来られた。それが自分なんだと思っていたからだ。

そんな自分と、俳優として一流の豊中達哉。比べる事ができるものなんて、何一つない、ある訳がない。

いつか熊岡が熱を出した時、撫でる前髪に気持ちよさそうに笑った寝顔を思い出す。

そういえば、起きている時に笑ってくれた事、あっただろうか。

記憶を辿っても思い出せないその事実に、俺は息を呑んで立ち尽くしてしまった。


重い足取りでマンションに戻ると、熊岡は先に帰って来ているらしかった。

綺麗に揃えられた玄関の靴を見ながら佐倉井は、豊中に言われた事をまた考えていた。

俺が、熊岡さんの為にできること。

——わっかんねえな。

息をつきながらそっとリビングに足を入れると、熊岡の部屋から珍しく大きな声が聞こえてくる。

台本を読んでいる時も声は出しているが、こうも大きいのは珍しい。怪我の事もあるし、心配になってそっと中を窺《うかが》うと、熊岡は電話をしている所らしかった。

「何故、そんな事をするんですか！　もうあいつに構わないでもらえますか」

怒気を含んだ声は、熊岡の部屋に響き渡る。この様子から見ると、佐倉井が帰ってきたことにも気付いていないのかもしれなかった。

熊岡はそのまま電話を切って、忌々しげにベッドに投げつける。それを追うように、そのまま唸《うな》りながらベッドに身を沈めた。

「くそっ、痛いな」

うつぶせに転がったまま、熊岡は腰の当たりを撫でている。

やっぱり怪我をしているんじゃないだろうか。今すぐ駆け寄って、確認したい所だけど、覗いているのがバレたら、怒られるくらいじゃ済まないだろう。一度リビングに戻って、何食わぬ顔でドアをノックしよう。

そう思ってドアから離れようとした瞬間だった。

「っふ」

やけに甘い声が耳を掠めた。

熊岡の声だろうか。離れようとしたドアの隙間にもう一度目をやると、ベッドの上に転がったまま、熊岡は横向きに丸まっていた。その背中しか見えない。腕が微かな動きをしている事しか分からない。

けれど。

「んっ」

零れる声の隙間に、服の擦《す》れる音と、それから濡れた音が響いた。

くちゅ、と粘液の擦れる音がする。

それが何かと気付いた時、頭の中が白く弾けた。

――まさか、自分で、シテる？

熊岡が。あの綺麗な白い手で。

よく見えないだけに、想像してしまって体中が熱くなった。やばい、早くここから離れなければと思うのに、まるで動き方を忘れたように体はちっとも言う事を聞かない。

「は、ぁっ」

零れる声が、段々と切羽詰まってくる。

そのうち、息を乱した熊岡は何か微かに声を上げた。

「さ……くら、いっ」

それを耳にした時の感情を、どう言い表したらいいか分からない。

心臓が壊れそうに音を立てて、息をするのも忘れた。

気付けば、熊岡の部屋の前を離れ、リビングのソファーに倒れこんでいた。

柔らかい感触にようやく我に返ると、両手の平は汗だくだった。

頭の中はぼんやりと膜でもかかったようだった。

一体、さっきのは何だ？

確かに、あの唇が佐倉井を呼んだ。

甘い声で、濡れた音を立てながら、熊岡は、さくらい、と口にしたのだ。

「う、ぁ」

背中を何かが這い上がってくる気がする。息が乱れて仕方がない。熱くて、たまらなくて、自分のソレに触れた。脈打つソレは熱く震えていて、少し擦るだけですぐに限界を訴えてくる。

――駄目だって、こんなとこで。

熊岡を想いながら、抜くなんて。一体自分は今何をしているのか。

――でも、なんで、俺を呼んだんだろう。あんなことしながら、俺を――。

――どんな顔してたんだろ。

思えば急激に高まった。熱を持った体は、あっけない程簡単に快楽に飲み込まれる。吐き出される欲望を見ながら、そっと目を閉じた。

――熊岡さん。

声にせずに唇を震わせると、ぎゅうと胸の奥が痛んだ。佐倉井を呼んだ微かな声。

もしかしたら、俺の事を嫌いな訳じゃないのかな、そう思うと嬉しくて、勝手に口元が緩んでくる。

けれど、それを押し留めるように、豊中の柔らかく冷たい声が頭に響いた。

『圭は僕が貰うから』

そんな事は言われていないはずなのに、まるで聞いてきた事みたいに、鮮明に頭に響き渡る。

そうすれば、熱かった体が急激に冷水でも掛けられたかのように冷え切った。

あの人が本気を出せば、敵う訳がない。

豊中が相手じゃ分が悪すぎるのだ。

でも。

嫌、だと思った。

——熊岡さんが、あいつにとられるなんて絶対に嫌だ。

どうすればいいのだろう。

でも、きっと、このままじゃ、駄目なんだという事も分かっている。

昔少しだけ芸能界に居た頃、熊岡がインタビューを受けているのを見かけた事がある。

俳優の仕事について、

「死ぬまで続けたい仕事だ」

と言った熊岡は、まるで当たり前の事を喋っているように見えた。

真摯な目で、真剣に未来を語る姿に、佐倉井は衝撃を受け、この人と同じ場所に居られないと思った。自分のようないい加減なやつが興味半分で居る場所じゃない、と気付いたから、すぐにやめた。

それからは何をしても夢中になれなくなった。どこかで熊岡の真剣な声が聞こえてくる気がして、何をしても、あの姿には敵わない気がして。

再会は偶然だったけれど、もしかして今は昔のままではないのだろうかと興味を持ったのが本当だった。

けれど、熊岡は、熊岡のままだった。怪しげな性癖をのぞけば、仕事に対しては真摯に努力する姿そのもので、昔と変わらない。

それどころか、こんなに世間に認められても、まだ足りないと言う。どこまでも、カッコいい人だ。

そんな熊岡とちゃんと向き合いたい。綺麗な目で真っ直ぐに見つめられても、何も揺るがないように。

熊岡に拾われたなんていう関係をいつまでも続けているような自分では、豊中に何を言う事もできない。

その為には、今の関係を一度リセットしよう。

これからの為に。

それが、何事も深く考えない佐倉井が、精一杯考えた答えだった。

そのうち段々と辺りが白んでくる。初夏にさしかかっているこの頃は、日が上がるのも早い。朝なのだと思った時、不意に熊岡の部屋のドアがそっと開いた。

ソファーに座り込んだ佐倉井を見て、熊岡は驚いたように声を上げる。

「いたのか」

いつもなら佐倉井は熟睡中の時間だ。仕事の都合で時間が不規則な熊岡が早い事はあっても、佐倉井が先に起きるなんて事は初めてだ。それがかなり不審だったのだろう。

熊岡は目を細めて前髪をかきあげる。

手触りのいい、黒細い髪筋が指の間から滑り落ちるのを見ながら、そっと口を開いた。

「あのさ、話があるんだけど」

「何だ」

途端に、熊岡は身構えるように肩を手で摑んだ。その姿から目を離さずに、続ける。

「こういうの、もうやめない？」

「どういう事だ？」

「だから、例のバイトとか」

一晩考え抜いて出した答えがこれだった。

そんな事、と笑われるかもしれない。けれど、佐倉井にとってみれば重要な事なのだ。

あのバイトをやめれば、佐倉井はここの家賃を払う事になる。どれだけの金額かなんて予想もつかない。きっと、このままここには居られない。でも、それでよかった。

それを伝えたいと、熊岡の目を深く覗き込んだけれど、熊岡は何か言いたげに唇を震わせただけで、目をそらす。

そのまま背を向けられて、慌てて手を伸ばしたが、振り向きもせずにはたき落とされた。

「熊岡さん？」

「分かった。やっぱり、俺の側にいるのが嫌なんだろう。勝手に出て行けばいい」

「違うって、そういう事じゃなくて」

伝わらない。これは今まで本気で物事を考えてこなかったツケなのだろうか。熊岡を納得させる言葉が欲しいのに、何を言えばいいのか分からなくなって途方に暮れる。

そんな佐倉井を見る事もなく、熊岡は静かにドアを開け放って、出て行ってしまった。

すぐに追えばいいだけなのだが、足が床に縫い付けられたかのように動かない。

脳裏に豊中の笑った顔が過ぎる。

『君には荷が重いんじゃないかな』

独り残された部屋に立ち尽くして、思わず壁を殴りつけた。

「そんな事ない」

じんじんと拳が痛み、その痺れのおかげか少しずつ頭が冷えてくる。

このままで終らせるつもりはない。

伝わらないなら、何度だって話そう。

本気になるのは、今なんだと思った。

佐倉井の決心を折るように、熊岡は帰ってこなくなった。電話をしても出ない、メールをしても何の返事もない。このままじゃ駄目だと、熊岡の仕事のスケジュールを矢吹から探り当て、顔を合わせそうな日を指折り待った。

こんなに次の日が待ち遠しかった事はない。けれど反面、怖いとも思っていた。今まで、こんなに真剣に何かと向き合ったことなんてなかった。それが今は、彼のことしか考えられなくなっている。熊岡がどんなに怖い顔をしても、きつい事を言っても、ちゃんと話そう。伝わるまで。そう心に決めている。

その前日だった。店に久しぶりの顔が来たのは。

閉店間際だったから客数も少なく、騒ぎになるような事もないのが救いだ。佐倉井よりも高い所にある視線が、今日も穏やかに緩む。

豊中達哉だ。

すぐに気付いた他の客が、そっと呟くのを聞きながら、けれど佐倉井は息を呑む事になる。にこやかに手を上げながら佐倉井を見た豊中の後ろ、まるで対照的に不機嫌な顔をした熊岡がついて来ていたからだ。

よく見れば、豊中の手が熊岡の腕を摑んでいる。明らかに、無理やり引っ張ってきた雰囲気だ。熊岡を促しながらテーブルについた豊中は熊岡に振り払われてようやく手を放し、面白そうに笑いながら、肩をすくめた。

「ここのサンド気にいったんだよね。他にどんな物があるのか食べたくなって。圭は嫌がったんだけど、無理やり付き合わせているんだよ」

ねえ？　と同意を求められた熊岡は佐倉井の方を見ようとしない。同じ家で暮らしているのが嘘みたいに、こんなに近くで顔を見るのは久しぶりで、こんな状況でも嬉しくなる。

久しぶりに間近で見た熊岡は、青白い顔でどこか体調でも崩しているのかもしれなかった。嫌がったくせに豊中に無理やりつれてこられたのも、抗う力が足りないからだという気がする。

大丈夫かと声をかけたいけれど、熊岡の視線は全く佐倉井を捕らえず、佐倉井はそのタイミングをはかれずにいる。

そのうち、メニューを眺めながら豊中が先に口を開いた。

「俺はこの春野菜のプレートと、ダージリンティーストレートで。圭は？」

「コーヒー」

確か、調子の悪い時はカフェインは取らないようにしていると言っていたのに。

大きなお世話だとは思ったが、つい、口をついて出る。

「ノンカフェインのものも有りますが」

途端に、熊岡は弾かれたように佐倉井を見上げた。久しぶりに真っ直ぐ見つめられた視線には珍しく力がなかった。切れ長の目の奥が、何か言いたげに揺れている。

怒っているのだと思っていた。

裏バイトをやめたいと言い出した事を、熊岡の側から離れたいと誤解して、怒っているのかと。

けれど、こんな風に頼りなさげに見つめられたら、もしかして違うんじゃないかと思ってしまう。

もっと見つめたいと思った目だったが、豊中の声に視線がそれていく。

「圭？　どうした？」

「いや、何でも」

「コーヒーでいいなら、オーダーするけど」

「……ノンカフェインのやつで」

熊岡はうつむいて佐倉井を見ない。それでも、提案が受け入れられた事に嬉しくなり、早速オーダーを厨房に通した。

二人がけとはいっても、この店のテーブルは狭い。自然、近まる距離で頭を合わせそうに近づけた豊中は始終熊岡に話しかけていて、見ているだけで頭に血が昇りそうになる。

——本当は今すぐにでも、あいつの前からかっさらって、家に帰したい。

体調が悪いなら尚更だ。

時々こっちを見ながら話をしている豊中が、気味が悪いほどに機嫌が良いのも気になった。

――まさか、よりを戻したとかじゃないよな。

もしくは佐倉井をけん制しているのだろうか。

気になって仕方がない。

けれどまだ仕事中であって、ラストオーダーを受けても、最後の客が帰るまではやる事もある。

その最後の客には、豊中と熊岡がなりそうだった。

二人以外の客が帰った所で、副店長がクローズの看板を出す。まだ閉店には少しあったが、どうやら有名人の二人に気を使ったようだった。

片付け作業をしながら盗み見た様子だと、相変わらず豊中は機嫌よく一人で喋っていて、熊岡は不機嫌なままで時々相槌《あいづち》をうつくらいだった。近くのテーブルに寄った佐倉井に気付いた時には、慌てたように視線をそらす。やっぱりそこに力がなくて、早く連れて帰ろうとこっそり決意した。

側に寄ると、気付いた豊中が面白そうに笑いかけてくる。

「ちょうどいい所に来たね。今君の話していたんだよ」

「達哉さんっ」

慌てたように熊岡が豊中の肩を掴む。白い綺麗に整った指先が豊中の肩に沈むのを見ると、勝手に手が動いた。

熊岡の手を、豊中の肩から剝ぎ取ったのは、無意識だった。

目を見開いて、熊岡がようやく佐倉井に視線を向けた。

もう仕事は上がっていいと言われたのだ。

——このまま、連れて帰ろうか。

けれど、それを許さない声に呼ばれて、我に返る。

「こらこら、急にどうしたんだい？」

豊中は笑っているけれど、その声にはどこか威圧するような棘《とげ》があって、知らず唇を噛んだ。

この人は大人で、多分自分よりもたくさんの熊岡を知っていて、今日は俺をけん制する為にここに来たに違いない。

そんな人から熊岡を連れていけるのか、今更緊張に喉が鳴った。

「俺、仕事終わったんで、帰ります」

「ちょうどいいね。だったら話でもしようか」

言いながら豊中はわざとらしく頬杖をつきながら熊岡を見る。まだ摑んだままだった手を振り払われて、どうすればいいのか分からなくなった。

黙りこんだ空気は、店内に流れる静かなＢＧＭに溶けこんでしまう。

それを破ったのは、やはり豊中だった。

「それでね、圭。そろそろ、僕の所に戻ってきたらどうかと思って。慣れない犬を飼うなんて事をしても、疲れるだけだろう？」

犬、という所で佐倉井を見たのはわざとなのだろう。それにしても、急にそんな話をするなんて、それも本人の前でするなんて、豊中は一体何を考えているのだろう。

——わざわざ俺の仕事場で。

挑発されているとしか思えない。

流石に頭にきたけれど、可哀想なほどに肩を震わせた熊岡の方が反応が早かった。

「な、何言ってるんですかっ」

「何って、だからもう一度僕と付き合わない？」

豊中は少しも動じない。頬杖をついたままで熊岡に微笑んで見せている。けれど、一瞬だけ佐倉井を睨んだのを、見落としたりはしていない。

——この人は本気なんだ。

思い知り、背中に冷たい汗が伝った。

佐倉井が引き下がれば、簡単に熊岡を連れて行かれる。それは絶対に嫌だと思った。

まだ、何も伝えていない。

好きだとさえも。

「嫌です」

「さ、くらい？」

「何故、君が答えるのかな。僕は圭に聞いているんだけどね」

「でも、嫌だ」

このまま、熊岡が豊中に持って行かれるなんて、絶対に嫌だ。こんな風にさらけ出すなんて、格好悪いと思っていたけれど、今はどうしても引けない。

「君の答えは聞いていないよ。どうかな？　圭」

佐倉井の抵抗など関係なく、豊中は笑みを浮かべたままで熊岡の答えを待っている。熊岡は空になったコーヒーカップを見つめながら暫く黙り込んでいたが、もう一度促されてようやく顔を上げた。

馬鹿みたいに突っ立ったままの佐倉井からはその微かな表情しか見えない。それでも、熊岡が何か決意したように見えた。

そのまま、ゆっくりとした口調で口を開く。

「すみません、そのつもりは無いです」

「なんで？　僕は悪い物件じゃないと思うけどな。圭を苦しめたりしないし、楽が出来ると思うよ？」

豊中がまた佐倉井を睨みつける。

――俺だって苦しめたりしない。

豊中のように大人の余裕で包むのは難しいだろうが、これからはしっかりすると決めたのだ。

「そう、ですね。貴方といるのは楽だ」

「だよね？　それに、僕なら圭を抱いてあげる事もできる」

「達哉さんっ！　っ、それでも、俺は貴方の元に戻りたいとは思わない。自分が馬鹿なのも情けないのも分かっているけど、俺はまだこの偶然に縋っていたいんです」

最後の方はまるで呻《うめ》くようだったから、ほとんど聞こえなかった。それでも何とか捕まえた言葉の端は、確かにそう言ったように聞こえた。

まるで意味が分からない佐倉井を放置したままで、二人は黙って見つめあい、そのうち呆れたように豊中が息をつく。

「初恋なんて、そんな良い物じゃないよ」

「そんなんじゃないです」

「まだそんな事を言うつもりなのか。往生際が悪いというか、強情というか、本当に圭は可愛くないよね」

頬杖をついていた豊中の手が、不意に熊岡の前髪に触れる。線の細い黒髪が指の間をすり抜けていくのが我慢ならなくて、豊中の手首を摑んでやると、上目遣いで佐倉井を見た豊中が薄く笑った。

「彼は、随分と子供じゃないか？」

「そうかもしれないけれど」

いい加減、自分だけが取り残された空間に我慢が利かなくなる。

二人の会話には、確かに自分が関係しているはずなのに、置いてけぼりなんて納得がいかない。

「ちょっと、あんた」

言葉はここで止められた。

噛み付こうとした佐倉井の口に手を伸ばして、豊中が遮ったからだ。

「強情は、損をする事もあるって知っているかい。例えば、圭の大好きな池内《いけうち》監督っているだろう？　今度の新作に圭も抜擢されてるよね」

豊中は小さな椅子に背中を預けながら、長い足を組みかえる。絵になる様子に思わず見とれそうで、慌てて自分を叱咤《しった》する。

だいたい、唐突なこの話の流れが気に食わない。この話がどこへ向かうのか、佐倉井にはなんとなく分かってしまったけれど、熊岡はまだ分かっていないようだった。

眉をひそめながら、首を傾げている。

「僕が主演なのは知ってるよね？　もし、僕が熊岡圭とは演りたくない、なんて言ったとしたら、どうなるかな。この子供と、僕、どっちを選べば得かなんて一目瞭然だと思わないかい？」

やっぱり。

つまりは、熊岡の夢をたてにしているのだ、豊中は。

無性に腹が立った。熊岡が、仕事に懸命なのは見ているだけで分かる。それは多分、豊中だって知っているだろうに、何故こんな事を言えるのだろう。

「なんで、そんなこと」

熊岡が取り繕《つくろ》うのも忘れたように、呆然と呟くから、余計に頭に来た。

妬けてしょうがないけれど、熊岡にとって豊中はきっと特別な存在なのだろうと思う。その人に、こんな事を言われたら、どれだけ傷つくんだろう。

まるで、今までの熊岡の仕事を否定しているような要求に、どうしようもなく腹が立った。

気付けば、豊中のシャツの襟首を掴み上げていた。

立ったままの佐倉井に引かれれば、豊中でも少しは浮き上がる形になる。

それまで興味深そうに見ていただろう店長と副店長が、慌てたように佐倉井を呼ぶのも、ほとんど聞こえなくなった。

だって、こんなの酷すぎる。

「あんた、熊岡さんを馬鹿にしてんのか！　熊岡さんはスゲエ昔からいつだって真剣に仕事してんのに、こんな脅迫みたいな事っ」

「何故君がムキになる必要があるんだ。君はただ、圭に気まぐれに拾われただけの関係だろう？」

――そうだ、俺はただ拾われて、怪しげなバイトで部屋に住まわせてもらって、それなりに楽しくやれればよかったんだ。

でも、今は違う。変えたいと思っている。自分自身も、それから熊岡との関係も。襟首を締め上げると、少しは苦しげな声を上げた豊中を見てか、熊岡が俺の腕に触れた。

「佐倉井、やめろ」

「だって、こいつ——」

「いいから、離せ」

まだ怒りは収まらないけれど、熊岡が離せと言うのなら、そうしない訳にはいかない。わざと店中に響き渡るほどの舌打ちをしてから手を放してやった。

豊中はシャツの乱れを直しながら、どこか面白そうに声を立てて笑った。

「ほらね、とんだガキじゃないか」

「それでも、俺はいいんです。もしそれで、今回池内監督と仕事が出来なくなっても、また絶対に自分の力で摑んでみせますから」

熊岡はそっと立ち上がると、軽く頭を下げた。そのまま、まるで何も無かったかのように立ち去ろうとする背中を慌てて捕まえる。

「何だ」

「何って、え、これ、どうすんの」

もはや店長達は事の成り行きを見守る体勢になっている。

豊中は長い足を組んだまま、面白そうに二人を見ている。

——ここで熊岡さんに帰られたら、俺はどうすればいいんだろう。

黙りこむ熊岡の代わりにか、豊中が間延びした声で口を開いた。

「まだ、答えを聞いてないな。佐倉井君は何故、そんなに圭にこだわるんだい？」

その答えなんて一つしかない。

「好きだからですよ、文句ありますか」

「なるほど、シンプルでいい答えだ。文句は無いよ」

——きっと俺は、ずっと前から熊岡さんを想っていたのだ。初めて会った、もう随分昔の頃から。

認めてしまえば、簡単な事だった。

途端、肩を掴んでいた熊岡の体が揺れて、そのまま床にへたり込んだ。

「なんだ、それは」

微かな声が聞こえる。

背中越しだから、どんな表情をしているのかは分からない。

けれど、うなだれた首のせいで覗く白いうなじが、みるみる赤く染まっていく。

「熊岡さん？　大丈夫？　具合悪い？」

「違っ、そんなんじゃ、ない」

だったら、どうしたんだろう。

——俺が好きだと言ったら、赤くなって座り込んで——。

……？　まさか。

途端に、思い出す。一人エッチしながら、佐倉井の名前を呼んだ事を。

思考が自分に都合の良い方にばかり転がっていく。

顔を見たくて覗き込んでも、頑なに背けられるせいで、その表情は分からなかったけれど、まだ赤い耳のせいで佐倉井には分かってしまった。

きっと、この赤さが熊岡の答えなのだろうと。

店から家までの帰路にはタクシーを拾った。

タクシーの中、熊岡は一言も口を開かなかった。時折、車の揺れで肩が触れると、びくりと跳ね上げるのは、知らないフリをしてやった方がいいのだろうか。

そのうち、マンションの前にタクシーは滑り込み、運転手が金額を告げる前に熊岡はかなり多めの額を渡して、早々に車を降りた。

慌てて追うつもりだったが、運転手につかまってつり銭を受け取るはめになったおかげで出遅れた。どうせ佐倉井が帰ってくるのが分かっているくせに、熊岡は玄関にきっちり鍵をかけていて、少し頭にくる。

乱暴にドアを開け放っても、リビングに熊岡の姿はない。どうせ部屋に決まってる。

鍵の無い熊岡の部屋だから、その岩戸は簡単に破る事ができる。

今までは、この一枚のドアさえも遠い距離だったけれど、今は遠慮なんてしない。熊岡に話したい事が沢山あったし、さっきの反応の答えも今すぐに聞きたかった。

白いドアを一応ノックするけれど、返事は返ってこない。

遠慮なく開け放すと、殺風景な部屋の中、熊岡はベッドの中でうずくまって、佐倉井を見ようともしなかった。驚く様子が無いのは、佐倉井がこうして踏み入ってくる事を覚悟していたからだろうか。

「熊岡さん」

声をかけても、毛布に包まって丸まった体はぴくりともしない。

この反応はどういう意味だろう。

もう少し、踏み入ってもいいだろうか。

ベッドの脇まで寄ると、丸まった体の肩のあたりを毛布の上から叩く。

「ちょっと、大丈夫?」

具合が悪い事もあるのかもしれないと思い出して、少しは優しげな声が出たからだろうか。毛布の中からくぐもった声が響いた。

「なんで、来るんだ」

「何でって、話したくて」

「……俺は、話なんてない」

「ちょっとだけだから、ね？」

毛布をそっとはぐると、ようやく見慣れた綺麗な顔が覗く。無愛想な切れ長の目が佐倉井を捕らえて、弱々しく揺れた。

話なんて無いと言ったくせに、何か言いたげに薄い唇がそっと震えている。

無性に、そこから言葉を引き出したくなった。押しても駄目なら引いてみろ、だ。

肩をすくめて背を向けると、熊岡は微かに声を震わせた。

さざ波程度のそれは、そっと空気を伝って佐倉井の耳に触れる。

「おまえ、覚えているのか」

ともすれば聞き逃しそうな声を拾えたのは、全ての神経が熊岡に向かっているからだ。背を向けたままで、何でも無い風を装って、

「何の事？」

首を傾げながらまた歩を進めようとすると、シャツの裾を掴まれた。

これで、捕まえた。

内心笑いながら振り返ると、不安げな顔が見あげてくる。

テレビで見る「クールな熊岡圭」とは全然違う、こんな顔をもっともっと見せて欲しかった。

「だから、俺の事を——昔から、見てるってさっき達哉さんに言ってただろう」

「ああ、その事？　そりゃ覚えてますよ。あんた若いやつらの中で目立ってたし。あんた位マジで芝居してるやつなんて、他に居なかったしね」

「俺は目立ってなんかないだろう、むしろお前の方がっ」

「俺は適当にやってただけだから。結局続かなかったしね」

佐倉井にとっては、その程度の思い出だけれど、その短い時間の中で、熊岡の事は随分と鮮烈だった。

「だってお前、カフェで初めて会った時から何も言わなかったじゃないか」

「だいたい、熊岡さん、昔俺の事知ってたの？」

熊岡と違って、すぐにあの場所から去った佐倉井は実質二年しかいなかった。目立つ事をやった覚えもないし、熊岡が自分を覚えていた事は心底からの驚きだった。

「知っていた、さ」

存外素直に頷いた熊岡はベッドから起き上がり、佐倉井の顔を見つめた。

——知ってた？　俺の事を、昔から？

だったら、何故こんなまどろっこしい事をしてまで、佐倉井を拾ったのだろう。

そのまま全てを飲み込もうとする熊岡だったが、そんな事は許さない。振り返り、ベッドのへりに座り込むと、熊岡は観念したようにゆっくりと口を開いた。

「お前はいつも、人の輪の中心にいたから」

「中心って、ただ騒がしいだけだろ」

「それでも、俺はそれに感心したんだ。お前には華があるんだ。達哉さんにもすぐ気に入られてるし」

あれは気に入られた事になるんだろうか。どう考えても嫌われていると思うのだが、もし本当にそうなら、豊中はかなり性格が悪い。

豊中の顔を思い出しながら眉をひそめると、熊岡はようやく無愛想な顔に微かな笑みを乗せる。

「あれでも気に入ってるんだ、お前の事」

思考が見抜かれていた事よりも、豊中絡みの話で穏やかな笑みが出たのが気に食わない。

でも、そんな事より、熊岡が昔の佐倉井を知っていた事の方が何倍も重要だ。

「比べて、俺には本当は何も無い。何も出来ないんだ、本当に」

「そんな訳ないでしょ？　あんたには芝居があるんだし」

「それも、あの頃は行き詰まってた。他の誰にも負けたくなくて、苦しかった。そんな時、お前を見たんだ。いつも楽しそうに笑っていて、自然体で、上手くはないが、伝わる演技だった。同年代で初めて凄いと思ったんだ」

ただ気楽に楽しんでいただけの事をそんな風に言われるなんて、想像もしなかった。それも他でもない、熊岡に。息を呑む佐倉井をちらと目の端に捕らえてから、熊岡は続ける。

「覚えてないだろうが、お前、俺に声かけてきたことがあるんだ」

それはよく覚えている。むしろ、熊岡が覚えていた事に驚いた。ほんの少しのことだったのに。

目を見開く佐倉井に構わず、熊岡は自嘲気味に続ける。

「俺がどうしても歌うシーンが上手くいかなくて、こっそり練習してる所を見られたんだ。最悪だと思った。裏の姿を見られるのは、役者として駄目だって指摘されていたから、余計人に知られたくなかった」

——うん、覚えている。

誰もいない薄暗いスタジオで、誰が歌っているんだと覗き込むと熊岡だった。

自分達とは格が違うと思ってた熊岡が人に見せずにこっそり練習しているのを見て、佐倉井は親近感を持ったのを覚えている。

周りの仲間達が熊岡をあまり良く言わなかったのもあったのかもしれない。本当はどういう人なんだろうと思っていたのだ。

過去の記憶にふけりそうな佐倉井を、熊岡は今の声で呼び戻す。

「その時、俺はお前に格好悪いだろうって言ったんだ。陰でこそこそ練習する姿を見つかるなんて、格好悪い以外の何物でもないからな。なのに、お前は——。お前は、格好いいって言ったんだ。努力する姿が格好悪い訳がないって」

確かに、そう言ったのは佐倉井だ。

そんな深い意味があった訳じゃない。熊岡があまりにも、練習姿を見られた事を恥じているようだったから、本当に何気なく言ったのだ。

また佐倉井の思考を読むように、熊岡は唇の端だけを持ち上げて見せる。

「それでも、俺は嬉しかったんだ。それからは出来ない事があってもいいんだって、努力すればいいんだって思えた。それを支えにしてたし、もう一度お前に会いたいと思ってた。それなのに、お前はさっさとやめていくし」

言葉に詰まる佐倉井を見上げながら、熊岡の目がふいとそれた。

「ブルーグラスで再会した時も、俺はすぐにわかったのに、お前は全然気付かないし。お前にとって、俺なんてそんなものだよな。分かってたけど、俺はっ」

「違う、俺だってあんたの事、忘れたりしてないよ。だって、俺が芸能界やめたのだってあんたの姿見てたからだし」

「俺の？」

「あんたは本気なんだよね、ずっと前から。なんかのインタビューで、死ぬまでやる仕事だって役者のこと言ってた。俺なんかの遊び気分とは全然違うんだって、うちのめされたんだ。あんたの居る世界に俺はいちゃいけないいなって」

「そんな訳ないだろう」

「でも、俺はそれから、何に対してもマジになれないんだ。何かやると、あんたほどマジになれない自分に気付いて、冷めていく。だから何でも出来るけど、何にも出来ない」

熊岡のように、前を見据えて全力を注ぐような生き方を、自分は選ばなかったのだ。自らの手で。だから。

「あんたはずっと、俺の中にいたんだ」

再会して、妙な性癖はあるけど、それをのぞけばやはり熊岡は昔のまま、真摯に仕事に、未来に向かう人なのだと知った。

惹かれない訳が無い。

今、驚きに目を見開いたような熊岡の切れ長の目に、見とれずにもいられないのだ。

「佐倉井」

ぼんやりと、佐倉井を見つめた熊岡が頼りない声を出す。何か言いたげな唇が、そっと震えて、けれどそれ以上何も言わない姿にもどかしくなった。けれど、無理やりこじ開けても、開くような人じゃないと思った。

だから、暫くその沈黙の続きを待つ。

もどかしい沈黙は、一瞬のような永遠のような不思議な空白だった。それを破って微かな声が零れる。

「戻って、こないのか」

それは、確かにそう聞こえた。

戻って。それは、芸能界にという事だろうか。不意に、豊中に言われた事を思い出す。

『君が戻ってくれれば圭は喜ぶと思ったんだけど』

それが本当の事かどうかは分からない。けれど、佐倉井の答えを待つ熊岡の表情がどこか不安げでありながら、微かな期待感が横切ったように見えたのは間違いないと思う。

——熊岡さんは、俺に戻って欲しいんだろうか。

それでも、伝えなければならない。

「そんな気はないですよ」

じっと佐倉井の顎のあたりを見つめていた視線が、僅かにぶれて空を泳いだ。それが落胆の表情でなければ、何だというのだろう。

「そうか」

何でもない風にそっけなく言ってるつもりかもしれない。でも、隠せてない。

「だってさ、あそこは俺の居るべき場所じゃないから。俺、今まで色々深く考えてこなかったけど、これからはちゃんと考えようと思うんだよね」

こんな事、自分が言うようになるとは思いもしなかった。本気になれないのはコンプレックスで、何も見つける事ができないまま、ぼんやりと生きていくのだと思っていたのだから。

けれど、熊岡と再会した。これは偶然じゃないはずだ。

佐倉井を揺らすのは、いつも熊岡だけだ。切れ長の綺麗な目で。

もっと近くで目を覗き込みたくて身をかがめると、佐倉井を見つめたままだった瞳がようやくあせったように揺れる。

ベッドに腰掛けているのだから逃げ場も無いのに、身をよじる熊岡の体は、余計に逃げ場の無い方に向かっている。

肩が壁にぶつかってようやく観念したのか、腕が佐倉井の胸を押し返した。

「だから、やめるって言ったのか」

「ああ、裏バイトの事？　そう。あんたにただ拾われただけの男じゃ嫌だからさ、リセットして、やり直したいと思って」

「何を」

「熊岡さんとの関係を」

「関、係？」

身を固める熊岡の肩を摑むと、びくりと跳ねた腕に押し返される力が強くなる。

——嫌われている訳じゃないと思うんだけどな。

さっき、好きだと言った時、赤くなった首と耳の様子を忘れてなんかいない。

だから、どうしてもこの唇から答えを引き出したいと思った。

顔を寄せると、戸惑ったような目がぎゅうと閉じられる。

わざと耳元で、囁いた。

「好き、です」

さっきは豊中に向かって言った言葉を、ようやく本人に伝える事ができた。口にすれば、みるみる感情が昂《たか》ぶっていく。

熊岡が全身で震えたから尚更に。

「っ、さくら、い」

「熊岡さんは？　なんともないの？」

佐倉井の事を覚えていて拾ったのなら、そこには何の感情があったのだろう。本当は何を言いたいのだろう。

下手な演技で「嫌い」と言ったその裏の言葉を、今は聞きたくて仕方が無い。

「俺のこと、まだ嫌いって言う？」

囁く佐倉井の唇が耳に触れたのか、熊岡は、またビクリと跳ねてから半ばやけ気味に叫んだ。

「嫌い、だ！」

「本当に？」

赤い耳のくせに、声も震えているくせに、力任せに抱きしめれば、心臓が壊れそうに鳴っている事くらい、分かるのに、それでも熊岡は何度も嫌いだと口にする。

本当に嫌いなら、俺を殴ってでも逃げればいいのに、と知らず笑いが零れた。

「熊岡さんって、本当可愛いね」

「かわっ！　そんな訳ない！」

途端に胸の中で暴れだした体を抱きすくめてから、文句の洩れる唇を塞いだ。

薄い唇は確かに震えてから頑なに閉じられる。その形を舌先でなぞってくすぐると、力をなくした唇の隙を縫って、中に忍び込む。

「んっ！」

中は、やっぱり甘くて熱かった。

逃げる舌をさらって舌先を軽く吸うと、暴れていた体はすぐに大人しくなる。鼻から抜けるような微かな声がやけに艶っぽくて、佐倉井の理性は簡単に壊されていく。

「っふ、う」

肩を摑んで壁に押し付けると、それまで微かに押し返し続けていた手が、そっと佐倉井の服を摑んで震えた。

これは、もう、どうしてくれようか。変態な性癖のくせに、反応が初々《ういうい》しいなんて反則じゃないのか。

そこまで考えて、不意に重要な事を思い出す。

――そういやあれって、どういう事なんだろう。

そう、あのバイトを俺にさせた意味だ。

貪っていた唇を解放すると、どこか頼りなげにため息が洩れる。今すぐにでも、また貪りたいのを何とか耐えると、ゆっくりと口を開いた。

「あのさ、何であんなバイトさせた訳？」

「それは……お前は、俺を覚えてないのに、俺だけがこだわってるのが悔しくて。俺の方が上なんだって、思いたかったんだよ」

赤い顔を背けた弾みで、シャツの襟元から白い首筋が浮き出て見える。

その白さに喉が鳴るのを耐えながら何とか続けた。これは大事な事のはずだから、絶対はっきりさせておかなければ。

「だったらさ、あんたが俺を抱いたらよかったじゃんか？　その方が優位に立ってるって気になれるんじゃない？」

「そんな事はできない。俺はお前を抱きたい訳じゃないから」

「じゃあ、どうしたかったの？」

「——俺を、見て、こだわってくれたらよかった。俺ばかりがお前にこだわって、ずっと見てるなんて馬鹿みたいじゃないか、だから」

それはどういう意味でだろう。熊岡がやけに恥ずかしそうに口にするから、どうしても思考が自分の都合の良い方に走ってしまう。

「そう、言ってくれたらよかったのに」

混乱半分で言った俺の言葉は意味も分からない。それでも、熊岡は赤い顔のままで続けるのだ。

「言えるか！　どうせ俺はお前好みの可愛いタイプじゃないしな！」

熊岡は気付いていないのだろうか。

──これってもう、ほとんど告白だと思うけど！

佐倉井が可愛いタイプが好みだから、綺麗系の熊岡を見ないだろうと、そう自覚していたって事だろうか。

──なんだろう、もう、この人って。

「だったら、なんでわざわざ他の男、抱かせようなんて」

ようやく、熊岡は佐倉井の誘導尋問にひっかかった事に気付いたのか、あからさまに悔しげに眉を寄せる。しかし、もう今更遅い。

「何で？」

体を押し付けながらのしかかる佐倉井に逆らえないのか、細い息を漏らして薄い唇が風のように囁いた。

「お前が、どんな風に人を抱くのか、知りたかったから」

この瞬間に、佐倉井は頭の中で何かが爆発するような衝動に襲われた。鐘のような音が鳴り響く。これはきっと、理性が壊れる警告音に違いない。

「やっぱり変態だよね」

「う、っるさい！」

「本当は、俺に抱かれたかったんだ？」

「うるさいと言ってる！　だいたいお前が悪いんだからな！」

なぜなんだ、と問い返すよりも、どうしてもこの言葉しか口にできそうにない。

——俺が抱く男達を見ながら、自分が抱かれる姿を重ねたって？

そんなことって。

赤い顔で佐倉井の体中を殴る熊岡の手をとって、そっと唇を落とした。

「そういうの、可愛いって言うんだよ」


壁に押し付けてひとしきり唇を味わってから、セミダブルのベッドに転がした。何か抗《あらが》いの言葉を聞く前に、すかさず覆いかぶさる。

「本気、なのか」

「冗談でこんなことしない」

「嘘つけ。お前はするだろう」

それは否定できないのが辛い所だ。

楽しくて気持ちよければいいいと思っていたのは確かだ。けれど、そんな気持ちで熊岡には触れない。

いや、きっともう、他の誰にも触れない。

両腕で顔を隠す熊岡の首筋にそっと触れてから、シャツのボタンに触れる。小さめのプラスチックボタンは弾くだけで簡単に外れるから、白い胸元が見えたのはすぐの事だった。喉元から指を滑らせながらシャツの前をはだけると、顔を隠したままで熊岡の右手がそれを止める。何かと思えば、微かな声が響いた。

「服、脱がすな」

「冗談でしょ？　肌、見たいし」

「駄目だ。俺は、その、結構、鍛えてるから」

そのまま口ごもったけれど、その続きはきっとこうだ。

——お前好みの可愛い体じゃないから。

考えすぎだと言われても、妄想だと言われても、もういい。

——熊岡さんが言葉にしないなら、その足りない分は俺が勝手に想像してやる。

容赦なく、シャツの前を割って確かに綺麗に筋肉のついた上半身に手の平を沈めた。

「綺麗だね、体」

「っ！　馬鹿、やめ」

「いちいち、可愛いから、あんた」

指先であばらのあたりをなぞると、声を嚙んで跳ね上がる。嚙み締めた唇が痛そうで、指先でそっとなぞると、反射的になのか、軽く嚙まれた。熊岡としては、やめてくれ、の哀願だったのかもしれないが、佐倉井にとっては煽《あお》るそれにしかならない。

まだ顔を隠す腕を無理やりに剝ぎ取ると、そのままシーツに縫い付ける。

慌てたように熊岡は首をいっぱいにひねると、今度は探り当てた枕に顔をうずめた。

どうも、顔を見られたくないと思っているようだった。

プライドの問題なのかと思いながら、首筋に唇を落とす。白いそこには薄い皮膚の下の青い血管が見えて、その綺麗なコントラストに、思わず舌先でそれをなぞった。

途端、弾かれたように熊岡は跳ね上がり、嚙み締めているはずの唇から微かに声が洩れる。

「んっ」

甘いそれに煽られて、もう一度舌先で血管の上をなぞると、今度は波打つように跳ねた。押さえつけた手首が微かな震えを伝えてくるから、たまらなくなる。

「首、弱い？」

「しら、ないっ」

男に抱かれるのが初めてな訳でもないと思うのに、あまりにその仕草も態度もぎこちなくて、逆にたまらなくなる。

男に抱かれるのが――それを思って、不意に頭の中で豊中が余裕たっぷりに笑った。

――そうだ、あいつと付き合ってたんだっけ。こんな可愛い姿を、あいつは見たんだ？

思えば、勝手な嫉妬が湧きあがってくる。

胸元を探っていた手を、下半身に移して、太ももからゆっくりと指を上に上げていくと、往生際の悪い唇がまた抗いの言葉を口にする。

「駄目、だっ」

それがますます佐倉井の黒い感情に火をつける。

「なんで？　豊中さんには触らせたんでしょ？」

「達哉、さん？　ん、なんで、急に、そんな」

名前で呼んだ。

それは最初からそうなのに、今はどうしようもなく腹立たしい。

――俺の事は好きとも言わないくせに。

無理やり暴くつもりは無かったはずなのに、渦巻く黒い感情に急き立てられた佐倉井の口も止まらない。

「俺のことアイツより、好き？」

「だ、から、なんで、急に」

「早く、言ってよ！」

それでも熊岡は頑なに口を開かないから、本格的に頭に来た。多少の意地悪は分かっていたが、切り札を突きつけてやる事にする。

「まあ、いいけど。あんた、一人エッチで俺の名前呼ぶくらいには、俺が好きなんだよね、きっと」

「な、っ」

枕にうずまっていた顔が、はじけるように佐倉井を見つめて、その唇が震えているのが良く見えた。

「おまえ、なんで」

「見ちゃったんだよね、あんたが自分でしながら俺を呼んでるの。あれって、俺にこうされる事とか考えてたの？」

「ちが……」

「違わないよね？　じゃなきゃ、一人でするとき、人の名前呼んだりしないし」

――まあ、俺もしたんだけど。

切り札は、思いのほか強力だったらしい。佐倉井を見つめたままの熊岡の目がみるみる細くなって、その端から雫が零れた。

耳の端も赤くして、頬骨のあたりだって赤い。震える唇は声を発せずに、ただ、さくらい、と名前をかたどった。

羞恥に濡れるとき、こんなにも人は色っぽくなるものだろうかと、息が止まる。

切れ長の目の端から零れた雫は、そのまま赤い耳の端へと消えていく。無意識にそれを追って舐め取ると、ようやく甘い声が零れた。

「ん、あっ」

慌てたように唇を嚙む熊岡は綺麗で、それから可愛かった。

「声、聞かせて？」

耳朶《じだ》をくわえながら囁くと、跳ね上がりながら、首を横に振る。本当に強情だ。

「何で？」

「おまえ、が、正気に、なったら、困るか、ら」

「なにそれ、意味分かんない」

「だって、俺は、その、声も、顔も」

そこまで言いながら、その顔がまた枕に沈み込んでいく。

顔を見せたくないのは、プライドが高いからだと思っていた。声を聞かせないのも、そうなのだと。

でも、もしかしたら、これは。

「まさか、可愛くないから、とか言うんじゃないよね？」

この期《ご》に及んでそんな可愛い事を言われたら、もう、どうなるか分からない。

けれど、佐倉井の思いなど知らずか、熊岡はそっと頷いて見せたから、完全に理性はこれでぶっ壊されてしまった。

顔を覆う枕はベッドの下に投げ落としてやった。

抗う身体を押さえつけて、全身をまとう邪魔な布キレを全部剝ぎ取ると、力ない声が上がるけれど、それも無視してやった。

「や、さくら、いっ、見るな」

服を脱がした熊岡の体は、白いけれど綺麗に筋肉がついて均整が取れたいい体だった。その中心で、欲望をもたげているのがたまらなく嬉しい。

遠慮なく指を絡ませると、声を噛み損ねたのか、甘い声が響く。

「やっ」

そんな全部が、可愛くてたまらない。

容赦なく擦り上げると、腰から上で跳ね上がりながら、すぐに手の中で弾けた。

「ん、あっ！」

もう、止まれない。

そのまま、仰向けの身体をうつぶせに転がすと、力ない声が佐倉井を呼ぶ。

「佐倉井？」

「力抜いててね」

背骨からなぞった手で、双丘《そうきゅう》を割ると、途端に抵抗の声が降ってくる。

「いや、駄目だ、やめっ」

「本当に止めていいんだ？」

「っ、だって、俺は」

「まだ言うかな、あんた可愛いって。何度でも言うけど、俺、こんなに誰かを可愛いと思った事なんてないから」

熊岡の体液で濡れた指先で、奥を探ると、押し返してくる壁の強さに眩暈《めまい》がする。我慢なんて、もうできる気がしなかった。

指先でほぐしたそこに、自分の、を押し付ける。びくりと跳ねる背中を覆うように身体を折ると、もう一度耳元で囁いた。

「可愛い」

「っ、ぁ！」

そのまま、貫く。締め付けてくる圧迫感は一瞬佐倉井を拒んだけれど、徐々に包み込む感触へと変わっていく。まるで、全て受け入れてくれるみたいに。

そう思ったら、頭の奥が白くはじけた。

気付けば、最奥まで突き上げていた。もっと優しくしたいと思う心と裏腹に、全部奪うほどに貪りたいと思う体が、言う事を聞かない。

「ん、ああっ、さくら、いっ！」

「熊岡、さんっ」

ただ、名を呼ぶだけで体が熱くなる。

「可愛い、あんた、マジで可愛いから」

もう何度言ったか分からない言葉を芸も無く繰り返す佐倉井に、熊岡はずっと首を横に振っていたが、そのうち諦めたのか、そっと首だけで振り返る。

熱に浮かされたように潤んだ眼が、佐倉井を見つめて、薄い唇が風のような息を零した。それが、言葉なのだと気付くには、少しかかった。

「すきだ」

それはそう聞こえた気がする。

その瞬間、全てを忘れた佐倉井は力任せに熊岡の腰を抱き、最奥までを何度も貫く。

――だって、こんなの反則だ！

その度に、嚙むのを止めた熊岡の唇からは切なげな声が零れるから尚更に。

「あ、あ！　んっ、も、イっ」

「おれ、も、ヤバイ、から」

こんな勢いで突っ走るようなセックスなんて初めてだ。格好悪い。けれど、それももう、佐倉井を

止める理由にもならない。

もう、限界だった。

「ごめ、もう、駄目だっ、圭、さん！」

「あ、さく、ら、い……っ！」

最奥で、弾けそうなのを耐え切って引き抜くと、そのまま吐き出す。受け止める事の間に合わなかった佐倉井の体液は熊岡の太ももの裏に飛び散って、それがかえって卑猥《ひわい》だった。

「ごめん、汚した」

慌ててベッドサイドからウエットティッシュを手繰り寄せると、力なくシーツに沈む身体に飛び散った欲望をふき取る。

「いいから」

掠れた声が、微かに佐倉井を呼ぶ。

煽られる欲望を飲み込みながら顔を寄せて身をかがめると、力ない目が佐倉井が捕らえて、それから口を開く。

「もう一回、呼べ」

「何、名前？」

「そう」

さっき、とっさに普段呼ばない名前を呼んだ事を怒られるかと思ったけれど、そうではなかったようだ。大丈夫だった事に安心しながら、もう一度ゆっくりと口にする。

「圭、さん」

そう呼びかけると、熊岡はまるで華が開くように微笑み、佐倉井の前髪に触れながら呟いた。

「やっと、手に入れた」

また可愛い事をさらりという。

——これで可愛くないとか、マジで性質《たち》悪いから。

「そういえば、俺の事覚えていたなら、最初に会った時に声掛けてくれればよかったのに」

そうすれば、こんな遠回りだってしなくてよかったかもしれないのに。そっと細まる目を覗き込むと、毛布を手繰り寄せて、呟いた。

「タイミングをはかっていた」

「タイミングって、いつでもいいじゃんか？」

「だってお前はいつも、他の客とか、あの男といちゃついてたじゃないかっ」

あの男とは、内野の事だろうか。

熊岡が初めて店に来てから、拾ってくれた夜までの間、一ヶ月。ずっと、声を掛けようと思いながら、できずにいたというのだろうか。

内野や、他の客に、妬きながら見ていてくれたのだろうか。

どんな事を考えながら店に通って来ていたのか、想像すると勝手に口元がだらしなく緩む。そんな佐倉井を一睨みすると、熊岡の顔は毛布にうずめられる。笑い声が零れそうになるのをこらえて、そっと呟く。

「これからは、あんたのモンだから」

「本当だろうな？」

「勿論。だから、もう怪しいバイトはしないよ？」

毛布から顔を覗かせて、暫くぼんやり佐倉井を見つめていた熊岡は気まずげに目をそらすと、力無い声で呟く。

「当たり前だ」

その声がまるで拗ねているようで、本当に可愛いと思いながら、佐倉井はようやく声を上げて笑った。

不器用な二人の未来

秋の風を頬に受け、思わず口元が緩《ゆる》む。軽い変装がてら深くかぶったキャップも、度の入っていない黒ぶちの眼鏡《めがね》も、緩んだ表情を隠すのは難しいだろう。

自覚しながら、熊岡圭《くまおかけい》はそっとキャップのつばに指をかけた。顔があまり見えないよう、より深くかぶる為だ。

自意識過剰、とはもう言われないだろう。俳優「熊岡圭」は着々とその存在を世間に知らしめていたからだ。子役の運命「育つと消える」を乗り切り、なんとか数々の仕事を貰えるようになった。もちろん、役者としてはまだまだ、という自戒《じかい》は忘れていない。仕事において、一度たりとも気を抜いた事はないし、今のように腑《ふ》抜《ぬ》け顔をした事もないはずだ。「熊岡圭」は、世間で認識されている通りのクールで静かな俳優でなければならない。

間違えても、鼻歌でも歌い出しそうに浮かれている姿など気付かれるわけにはいかないのだ。

――もう、こんな季節になったんだな。

頬を撫《な》でる風に微笑《ほほえ》んでしまったのは、流れた月日を思ったからだった。

眼鏡のずれを人差し指で押し上げながら直すと、熊岡は目的地の前で足を止めた。ガラス張りでモダンな造りの店はサイトで見た通り、静かで落ち着く雰囲気の時計屋だった。

足を踏み入れると、初老の紳士がカウンターの向こう側で、静かにいらっしゃいませと頭を下げる。低めの声は押しつけがましくなく、とても熊岡好みだった。熊岡の他に客の姿は二人程で、ゆっくり選びたい熊岡にとっては好都合だ。

ショウケースに並べられた腕時計を覗《のぞ》き込むと、店主が声を掛けてくる。

「贈り物ですか？」

「あ、はい」

熊岡は買い物時に声を掛けられるのが好きではないのだが、静かな口調で話しかけてきたこの店主は不快ではなかった。熊岡が俳優だと気付いた様子でもないので、熊岡もそっと会話を続ける。

「贈り物、です」

「それは素晴らしい事ですね。ごゆっくりお選びください」

そっと頷《うなず》きながら、熊岡は贈る相手の顔を思い浮かべる。

――佐倉井《さくらい》には、どれが似合うだろうか。

数か月前に恋人になった佐倉井幸太《こうた》は、熊岡が子役時代からこだわっていた男だった。まるで奇跡のような再会を果たして、手段は我ながら無茶苦茶だったとは思うが、それでもこうして側にいられる時間を得た。

再会した時は春に向かう風がまだ冷たかった。ついさっき、春の匂いを運ぶ風に微笑んでしまったのは、少しずつ積み重ねた時間を思ったからだ。

恋人という関係になってからも、熊岡は仕事に忙しくゆっくり二人だけで過ごす時間はなかなか作れない。佐倉井はそのわずかな逢瀬《おうせ》でも楽しそうにしてくれるが、果たして自分は同じように佐倉井に想いを伝えられているのだろうか。

それはここの所、熊岡を悩ませている問題である。

——あいつを喜ばせたい。

今日の買い物はただその為だった。

思考を目の前のショウケースへと戻して、熊岡は並べられた時計をじっくり眺《なが》めた。


通いなれた店のドアをくぐると張りのある声が響く。

「いらしゃいませ」

低めのよく通る声と共に仕事用の笑顔を張り付けた佐倉井が振り返る。熊岡に気付いたのか、仕事用のそれは見慣れた笑みに変わった。

「あ、いらっしゃい、圭さん」

「うん」

俯《うつむ》いたままで案内されたカウンター席に腰を下ろすとすぐに水で満たされたグラスが置かれる。

「もうすぐ終わりだから。待ってる？」

「ああ」

それだけの会話で、佐倉井はすぐに仕事に戻った。

佐倉井の職場である「カフェブルーグラス」で、今や熊岡はお得意様だ。熊岡の先輩俳優である豊《とよ》中達哉《なかたつや》も加えて、この店では色々あっただけに申し訳ない気持ちもあったのだが、佐倉井の上司はとても良い人らしい。その事には何一つ触れず、熊岡と接してくれる。その居心地の良さもあって、熊岡はこの店が気に入っていた。

ホットコーヒーを注文してから、熊岡はぼんやりと店内を見ていた。もうすぐ閉店という時間だからか、客の数は少ない。それでも佐倉井は忙しく動いていた。実は一年程前に偶然ここで佐倉井を見つけてから、熊岡はこんな風に佐倉井を見てきた。まだ、佐倉井が熊岡を認識する前からずっとだ。

だから最近、佐倉井が少し変わったような気がしているのは間違いじゃないと思う。元々、華のある男なので、客からよく話しかけられていたが、以前はまるで客の顔を覚えていないようだった。その証拠に、熊岡の事も声を掛けるまではまるで気付かなかったのだ。

けれど、最近では二度目以降の客には気付いている風だ。もちろん、全てではないだろうが、それでも前回言われた事などを覚えているらしい。

客の事をよく見るようになったように思えた。時には声を掛けたり、軽い世間話をしたりしているのは以前からだが、その場限りの適当な会話だけではない事も増えたように思える。

それは熊岡の目から見ても間違いなく分かる事だった。元から、佐倉井という男はなんでもそつなくこなすタイプだ。それを自覚しているらしく「俺、たいていの事はなんでもできるんだよね」などと平然と口にする。その器用さは、熊岡にとってうらやましくまぶしい才能だ。

——華のあるやつだからな。

本人にはそうそう言えないような事を思って、一人赤くなる熊岡の前に、不意にフレンチトーストが置かれる。注文した覚えのないそれに何かと顔をあげると、顔見知りになった店長がにこやかに立っていた。

「もしよかったら、味を見てもらえませんか」

「え、あ、はい。どうしたんですか」

「実はこれね」

店長はいたずら気に口の端に笑みを乗せると、熊岡に顔を寄せた。

「これ、幸太が提案してきたメニューなんです。あいつ、最近ちょっと様子が変でねえ、なんて言うか、変わったんですよ」

それは熊岡もついさっき感じた事だ。やはり佐倉井は変化の途上にいるらしい。それも良い方向の変化だ。

「一体どうしたのかなあ。小器用だから、なんでもそれなりでやってたあいつが、こんなに本気になるなんてねえ。……ちょうど熊岡様と仲良くなった辺りから、ですかね」

何か含んだような言い方をする店長に愛想笑いで応《こた》えて、熊岡は顔を伏せる。

──もし。もしも、あいつの変化が……俺の影響だったなら。

それは熊岡にとって信じられない程嬉《うれ》しい事だ。昔から、相手にこだわってきたのは自分の方で、佐倉井も昔の事は覚えてくれてはいたけれど、それでもやっぱり自分の方が相手にこだわっていると分かっている。だからこそ、佐倉井に影響を与えるのは自分でありたかったのだ。

「店長、何やってんですか」

最後の客を対応し終えた佐倉井が、二人に気付いて腰に手を当てる。

「お客様と話してただけだろうが」

「話してただけって──あ、フレンチトースト！　なんで圭さんに出してるんですか！　まだ開発段階なのに」

「試食だよ試食。熊岡様は上得意様だからな」

嚙《か》みつく佐倉井を鼻であしらいながら、店長は厨房《ちゅうぼう》に戻っていく。佐倉井としては、フレンチトーストの事は熊岡にはまだ内緒《ないしょ》にしたかったらしい。

「なんだ、食べたら駄目だったのか？」

「んー、どうせなら、完璧な状態で圭さんには食べて欲しかったな。ほら、俺が考えたとか言ったら先入観ってやつも邪魔するでしょ？」

照れたような拗《す》ねたような表情を見せる佐倉井は、熊岡が先ほど感じた「成長した」姿とはまた違って、随分《ずいぶん》幼い。そうかと思えば、今度は澄ました笑みで熊岡に顔を寄せる。

「で、どうだった？」

くっきりと描かれたように綺麗《きれい》な二重《ふたえ》の目が、まっすぐに熊岡を覗き込んでくる。その光の強さに心を揺らされながら、熊岡はなるだけなんでもない顔で首を傾《かし》げてみせた。

「まあまあだな」

「まあまあ、かー。うん、まだ改良しなきゃな」

がくりと肩を落としながら佐倉井はそれでも力強く笑い、熊岡はまぶしくそれを見つめた。

本当に華のような男だと、思う。

目を奪われずにはいられない。容姿《ようし》が端麗《たんれい》なだけならそうは思わないだろうが、佐倉井にはもっと他の何かがあって、それに触れた時熊岡は心が摑まれたようになるのだ。そしてそれは多分、熊岡だけが感じる事ではないのだろう。佐倉井は本当にモテるからだ。

「圭さん？」

ぼんやりと瞬《まばた》く熊岡の前で手を振った佐倉井は周囲を見回すと、熊岡の隙《すき》を狙《ねら》ったように熊岡の頭を抱き寄せる。

「お、い」

「もうすぐ上がるから」

頭を引き寄せる強引な手に甘い痺《しび》れを感じながら、熊岡はそっと目を閉じる。早く佐倉井と二人きりになりたかった。帰ったら昼間に選んだプレゼントを渡すつもりなのだが、それを受け取った佐倉井がどんな顔をするのか、楽しみでたまらない。

「待ってるから」

小さく囁《ささや》いた熊岡の頭をより強く引き寄せた佐倉井だったが、次の瞬間、それはあっけない程に素早く離れていった。

「おー、お疲れさん」

できればあまり聞きたくない声がしたのと共に。

「内野《うちの》さん、ごめん、もうラストオーダー終わっちゃって」

熊岡を放した佐倉井は嬉しそうに閉店間際《まぎわ》に飛び込んできた客へと向きなおった。顔を確認するまでもない、佐倉井が慕《した》っている高校時代からの先輩、内野だった。

内野は熊岡に気付くと小さく会釈《えしゃく》だけをしてから、まるで気にする様子もなく佐倉井の腕を、引き寄せる。

「ちょっと話あってさ。この後飲みながらとか思ったんだけど、今日は無理か？」

無理、の所で内野の視線がわずかに熊岡をとらえた。

――俺がいるとまずいとでも言うのか？

そもそも、熊岡にとって内野という男は地雷《じらい》なのだ。佐倉井と親しすぎるという事に加えて、その容姿も気に入らない。自分とほとんど歳が変わらないとは思えない童顔も、佐倉井より随分低い身長も、醸《かも》し出す雰囲気の可愛らしさも、何もかも気に入らない。何より内野と話している時の佐倉井が、他の誰にも見せない程楽しそうで自然体でいる事がどうしても熊岡の劣等感を刺激するからだ。

その劣等感に負けぬ為にも、熊岡はなるだけ平然とした顔をし続けてプライドを保つ事しかできない。

「んー、今日は圭さんと帰るから。またでいい？」

「分かった分かった。俺も馬に蹴《け》られたくないしな。じゃあまた」

内野は面白そうに笑って佐倉井の肩をたたくと、あっさり店から出て行った。密かにほっとした熊岡の心中を知ってか知らずか、佐倉井は満面の笑みを熊岡に向けるとそのまま厨房に消えていく。

胸の奥に残った微《かす》かなざらつきを振り払って、熊岡はそっと息を吐いた。

二人して部屋に戻ったのは夕食には少し遅い時間だったが、夕食を食べていないと言った熊岡の為に佐倉井が夕食を準備してくれた。家事はやれる時にやれる方がすればいいと思っていたが、気付けば忙しい熊岡の代わりにほとんどを佐倉井が担《にな》ってくれている。

「俺も手伝う」

キッチンでフライパンを振る佐倉井に寄りそって立つと、口元に笑みを乗せた佐倉井は食器棚《だな》を指さした。

「じゃ、このチャーハンに合う皿出して？」

「それくらいもうできる」

多少むっとしてしまったのは、以前まったく佐倉井の意に添わない皿を出して笑われた事があったからだ。その時は煮物だったのだが、浅い皿を出してしまい汁がこぼれた。

別に知識がなかったわけではない。こだわりがなかっただけで。そもそも、ほとんど自炊をしなかった熊岡の部屋には数枚の食器があっただけで、時折自炊をしても同じ皿を使い回していたからだ。

『熊岡さんって、変なとこでダメだよね』

佐倉井はそう言って笑ったが、同時に耳が溶けそうに甘い声で囁いた。

『本当、可愛い』

その声を思い出して、そっと身を震わせる。この姿に可愛いという形容をする佐倉井のセンスは本当に分からない。けれど、その度《たび》に体中が熱くなるのは誤魔化《ごまか》しようもない。その事も含めて佐倉井は熊岡にたくさんのものをくれる。

——少しでも、返せたら。

熊岡はソファーの脇にそっと隠した小さな紙袋に目をやった。

佐倉井の作ってくれた料理で夕食を済ませると、途端《とたん》に落ち着きがなくなった熊岡に、佐倉井はすぐに気付いたようだった。

「なんか圭さん、どうした？　何かあった？」

もう隠しても仕方がない。熊岡はソファーの脇から昼間選んだプレゼントを取り出すと、おもむろに佐倉井へと差し出す。

「え、何？」

「やる」

「嘘、俺に？」

「他に誰がいるんだ」

もっと他に言いようはないのかと自分でも思うが、こっぱずかしくて甘い言葉などどうしても口にできない。

佐倉井は不思議そうに首を傾げながらも、嬉しそうに包みを開き——その表情を凍りつかせた。

「え、これ、マジで」

佐倉井はどこか力なく、呟《つぶや》く。

その声には喜びの色はなく、代わりに乗せられた感情は驚きと戸惑《とまど》いだけだと熊岡は思った。

佐倉井が喜ぶだろうと思っていただけに、この反応は意外で、熊岡も困惑してしまう。

——嬉しくない、のか？

佐倉井を喜ばせたかっただけなのだが、この空気はそれが失敗に終わりそうだと告げていて、熊岡は呆然《ぼうぜん》とした。

——好みじゃなかった、とか？

けれど、佐倉井はそういう事で贈り物を拒むような男ではないはずだ。

——じゃあ、なんで、なんで。

「圭さん、なんで、急にこんな」

「特に、理由はない。ただ、お前に買ってやりたかった」

喜んでもらえると思っていた。

シルバー基調で文字盤は漆黒《しっこく》の、スポーツタイプとカテゴライズされるそれは佐倉井によく似合うと思ったし、熊岡が腕時計を選んだのにも理由がある。佐倉井が愛用しているスポーツタイプの時計はかなり年季が入っていてベルトにひびも入っているのだ。愛着があるのだろうが、カフェスタッフという仕事がら、そろそろ新しいものを用意した方がいいだろうと思ったのだ。

けれど佐倉井は戸惑いの表情のままで箱を閉じ、軽く首を振りながら小さく呟いた。

「こんな高いもの、貰えない」

高いもの。佐倉井は値段の事を気にしているのかと熊岡は小さく唸《うな》る。確かに佐倉井が今使っているカジュアルスポーツウオッチとは値段は違うだろう。佐倉井に似合いそうで、佐倉井が好きそうなもの、という選び方をしたので、値段の事はあまり考えていなかったのは確かだ。それでも同じ歳頃の男性が使用する腕時計として、高価すぎるという値段でもないと思ったのだが、それは自分の感覚がおかしいのだろうか。

何しろ、値段を気にするなどあまりに想像外の答えで、熊岡は思わず立ち尽くしてしまう。

「値段は関係、ないだろ」

「あるよ。俺だってこれが高い事くらい知ってる、返せないプレゼントはやっぱ貰えない」

「っ、別に何か返して欲しい訳じゃない。お前の時計がぼろぼろだから新しいのにしたらどうかと思っただけだ」

「ああ、あれは内野さんから貰ったから、なんか捨てられなくて」

ただ拒否されただけならまだよかった。けれど、佐倉井の口から出た「内野」という言葉だけは、どうしても耐えきれないものだった。

「また――またアイツか！　アイツからは貰うのに、俺からは受け取れないって、そういう事なんだな」

「違っ、ちょっと待ってごめん、圭さ……」

「もういい！　出て行けよ！」

佐倉井が伸ばしてきた手を振り払ったはずみで、まだ手にあった時計を箱ごと跳ね飛ばしてしまったが、もうそんな事はどうでもよかった。跳ね飛ばされたシルバーの時計が床に打ちつけられた音が、冷ややかに二人の間に響く。乾いた音だ。

その音に続くように佐倉井が黙ったままで玄関に向かう足音がした。出て行けと言ったから、すぐに出て行ったのだろう。

「なんだよ、言い訳もしないのか」

一人こぼして、ソファーに身を投げながら顔を覆うと、少しずつ熱が引いてくる。

——内野、内野ってうるさいんだよ。

ソファーの上で寝返りを打って髪をかき乱しながら、どうしても店で見た内野の事を思い出してしまって苦しかった。

——だいたい、懐《なつ》きすぎなんだよ。高校の先輩とはいえ、そんなに仲良く続くものか？

学校で仲の良い先輩などいなかった熊岡にはまるで理解出来ない。先輩といえば劇団の先輩はいたが、どちらかというとライバルである為、佐倉井と内野のような関係にはならなかった。

――内野がマッチョだったらよかったのに。

男女問わず、可愛い系の人が好みだと悪びれなく言い放つ佐倉井の好みぴったりに内野は可愛い系なので、いくら佐倉井が内野とはなんでもないと言っても気になるのだ。比べて自分はあまりにその好みとはかけ離れている。伸ばして見上げた腕もいい感じに筋肉がついているし、容貌は切れ長の目がきつそうに見えて男くさい。

「くそ……」

こんな情けない事、本当は考えたくなんてないのに。

佐倉井が内野を慕う理由だって、本当は分かっていた。内野が良い人だからだ。芸能界には詳しくないと言いながらも、俳優だと分かった自分に何も変わらず媚《こ》びず普通に接してくる。お決まりのように問われる「あの女優さんとは知り合いなんですか？」という類《たぐい》の質問など、一度もされた事はない。多分、内野にとって外枠《そとわく》は重要ではないのだろう。

佐倉井もそれを知っていて、慕っているのだと思う。

――いっそ、本当に嫌なやつだったらよかったのに。

熊岡は内野が怖いのだ。ようやく手に入れた幸せを簡単に覆《くつがえ》せるだけの影響力を内野が持っているのは確実だった。

「佐倉井……」

時計を見た時の、困惑した佐倉井の目を思い出すと寂しくてやり切れない気持ちになった。それと同時に部屋を追い出された佐倉井が内野の元に向かっているかもしれないと思いついてしまい、慌《あわ》てて立ち上がる。

昼間、佐倉井の事を考えながら買い物をした時はあんなに気分が高揚《こうよう》していたのに今はまるで逆だ、と眉を顰《ひそ》めながら家を飛び出す。

と、玄関ドアの横に背をもたせかけていた佐倉井と目が合った。

「圭さん！」

「佐倉井っ、ここにいたのか」

「ん。ちょっと頭冷やそうと思って。さっきはごめんね」

佐倉井がどこにも行かずにいてくれた事に安堵《あんど》したのに、素直な言葉は出てこない。

「アイツの所にでも行ったかと思ったのに」

「アイツって……内野さん？　やっぱ気にしてるんだ、ごめん、さっきの時計——」

何を聞いても苦しくなりそうだが、また揉《も》めるのもごめんだと熊岡は玄関ドアを開け、佐倉井を誘う。

「とりあえず、戻らないか」

提案に柔らかな笑みで答えた佐倉井は、やけに大人びて見えた。

部屋に戻ると、さっき熊岡が跳ね飛ばしてしまった腕時計がぽつんと床に転がっていて虚《むな》しくなる。

拾いあげたのは佐倉井だった。

「さっきはごめんね。本当は嬉しかった」

「本当か？」

「当たり前じゃん。圭さんが俺の為に選んでくれたんでしょ？　それはすっごい嬉しい。ありがとう」

佐倉井は一度言葉を切ってから、何かを決意するように唇を噛んでいた。

「だったら、なんで」

「俺さ、色々圭さんにしてもらってるじゃん？　家賃もそうだし、生活費も圭さんの方が多く負担してる。それは仕方がない事だって分かってるんだけど」

「家の事はお前がほとんどしてくれてるだろう」

佐倉井は、薄茶けた前髪をかきあげると俯きながら薄く笑った。

「でもさ、あんまりにも情けないじゃん？　そういうの、分かってきたっていうか。だから俺、圭さんと対等な男になれるまで、立派なプレゼントとか貰えないよ」

「情けないなんて思ってないぞ」

「うん、これは俺の意地なのかもね。圭さん……せっかく忙しい中俺の事思って買ってくれたのに、ごめんね」

顔をあげた佐倉井は、もう困惑の表情も子供のような表情もしてはいなかった。見た事のないほどに決意に満ちた強い目で、まっすぐに熊岡を見つめている。

——対等……佐倉井がそんな事考えてたなんて、俺は、ちっとも知らなかった。

側にいて、少しずつ佐倉井の事は分かってきたつもりでいたが、まだまだ自分は佐倉井を分かる事など出来ていなかったという事なのだろう。それが酷《ひど》く、寂しかった。

佐倉井はきっと決意を変えないだろう。熊岡は渋々《しぶしぶ》頷いた。

「分かった」

「ありがと。じゃあ、これは」

「返されても困る。それはお前に合いそうなのを選んだんだから俺の好みとも違うしな。いらないなら捨てて構わない」

「そんな事出来るわけないいし」

「とにかく、もうこの話は終わりだ」

佐倉井はしばらく困ったように時計と熊岡を見比べていたが、熊岡が言い出したら聞かない事を知っているからだろう、あきらめたように時計をポケットに突っ込んだ。そのまま伸びてきた手に引き寄せられ、そっと抱きしめられる。

「圭さん、俺は圭さんが好きだよ」

耳を優しくくすぐる声と、背中に回った佐倉井の腕の力が強くなるのを感じて生じる甘い痺れに酔いながら熊岡も佐倉井の背中に手を回す。

それが合図だとでも言うように、佐倉井は熊岡の顎《あご》を持ち上げて触れるだけのキスを落としてくる。まるで大事なものに触れているように優しく扱うようなキスはすぐに欲望を剝《む》き出した熱いものに変わった。

「んっ、佐倉、い」

「圭さん、キスだけでそんな顔すんの、反則」

そんな顔と言われても、熊岡にはどうする事も出来ない。どんな顔をしているのかと想像するのも怖いが、佐倉井がうっとりそう言ってくれるのは嬉しかった。

深いキスの合間にシャツの裾を手繰《たぐ》りあげて佐倉井の手が背中を撫でる。長い指に背骨をなぞられて思わず首をすくめると、そこにもキスが落ちた。

「あっ」

「圭さん、可愛い」

まるで口癖《くちぐせ》か何かのように佐倉井は熊岡をそう評するが、自分が可愛いなどと形容されるようなものではない事くらい熊岡は分かっているつもりだ。それなのに、何度否定しても佐倉井は熊岡を可愛いと言う。

——変なやつだ。

でもそれを喜んでいる自分がいる事も知っている。誰に可愛いなどと言われても、鋭い視線で睨《にら》んでやるつもりだが、佐倉井が眼尻を下げて言うその言葉だけは、熊岡の何かを甘くすぐるのだ。

「あっち、行こうか」

首筋をたどっていたはずの佐倉井の唇が今度は耳朶《じだ》を揺らす。

「あっち……？」

「だから、俺の部屋」

抱き合う時はいつも佐倉井のベッドか熊岡のベッドでだ。この後訪れるだろう甘い痺れを想像すると体温が上がりそうだ。

「どっちでもいい」

どこかに残るわずかな羞恥《しゅうち》を堪《こら》えながら佐倉井の手を握ると、息を呑んだ佐倉井はおもむろに熊岡を抱えあげた。

「おい！」

「あー重いよ、圭さん」

「だから降ろせ！」

体重は増やさないように気をつけているが、それでも大の男を抱えあげるなど、重いに決まっている。それは構わないが、もしかして佐倉井は今まで抱えあげてきた彼女などと比べているのかもしれないと思うと、たまらなくなる。

「放せ！」

「まあまあ、せっかくなんだから」

「何がせっかくだ！」

腕の中で騒いでいるうちに、佐倉井の部屋まで連れていかれてしまった。熊岡をベッドに下ろした佐倉井はどこか嬉しそうに口の端をあげてみせる。

「俺もちょっと鍛《きた》えてるんだから、圭さん運ぶくらい出来るって」

言い終わらないうちに熊岡が転がるベッドに身を伏せてくる。前髪をかきあげられ額に柔らかな口づけが落ちた。

「……俺、圭さんを本気で好きだから」

先ほどの喧嘩《けんか》でささくれた心がなだらかにならされていく感覚を味わいながら熊岡は黙って頷く。

こうしている時は、何もかもが上手くいく気がするのに。

熊岡はそっと目を閉じた。

初秋の風が完全な秋の匂いを連れてくる頃、熊岡は大きな仕事に向けて動き出していた。以前から好きで、尊敬している映画監督、池内周作《いけうちしゅうさく》の作品に呼ばれたのだ。

池内監督は派手さのない、静かに日常が繰り返されるような作品を得意としていて、今回の台本もそういうものだった。テーマは「都会のネズミと田舎《いなか》のネズミ」で、主演、豊中達哉が田舎で暮らす男役、熊岡は都会で挫折《ざせつ》する男の役だ。

主演は豊中だが、役柄的に熊岡も裏の主演であると言えるだろう。気心の知れた豊中とはやりやすいだろうが、その厳しさも知っているだけに身が引き締まる思いがする。

夕食の後、コーヒーを淹《い》れてくれた佐倉井にその話をすると、まるで自分の事のように目を輝かせて喜んでくれたのは嬉しかった。

「ようやくじゃん！　圭さん、池内作品好きって言ってたもんね。よかった」

「ああ、厳しい撮影になるだろうが、楽しみなんだ」

「池内監督って怖いんだ？」

「いや、怖いという事はない。ただ、求める水準が上がるのは間違いないから。達……豊中さんが主演だと、周りのレベルも相当上げないと浮くからな」

昔から知り合いの豊中の事は通常「達哉さん」と呼んでいるのだが、佐倉井がそれを気にしている事を思い出して慌てて呼び名を変えた熊岡に、佐倉井はまだ嬉しそうな笑みを向けたままだった。

――気付かなかったのか？

それならそれでいい。このネタで拗ねると長引く事が多いからだ。それでも、豊中と共演なのか、くらいの文句は言われるかと思ったが、不思議と佐倉井は静かだった。あまり豊中の話をしないようにしようと思っていた熊岡だが、逆に佐倉井の方が興味を示した。

「豊中さんと田舎ってあんまイメージ合う気がしないけどな」

「あの人は、なんでもできる」

マイホームパパだろうが殺人鬼だろうが田舎の男だろうが豊中は間違いなく自分のものにしてしまう。器用、というのとはまた違って、役を自分に寄せるのがずば抜けて上手いのだと熊岡は思っていた。

子役で一度出来上がってしまった「熊岡圭」に行き詰まっていた頃、色々な助言を貰った事は自分にとって酷く大事な経験だったし、恩人と言ってもいい。絶対に口には出さないが、尊敬して目標としている役者の一人だ。

その豊中と、池内監督の映画に出られるのは熊岡にとっても願ってもない事なのだ。

「顔、緩んでるよ」

「そうか？」

感情が出にくい顔だというのに、思わず思考が表情に出てしまっているらしい。こんな事、少し前なら考えられなかった事で、誰にでも見せるわけではない。

佐倉井の前だからだ。

なんとなく言葉に詰まって佐倉井を見つめると、コーヒーカップに口をつけていた佐倉井は優しい目をしていた。

「ほんと、嬉しそうだね、圭さん」

「うん」

自分もコーヒーに口をつけながら、熊岡は平静を装った。遠足前の子供のように浮かれているなどと思われるのも、なんだか気恥ずかしい。

「圭さんはどんな役？」

「え？　そうだな。都会でバリバリやってたけど挫折して田舎にリフレッシュという名の逃避を図る男の役」

原作はしばらく前に書かれた小説で、発売時はあまり話題にもならなかったらしい。それを監督がどうしても映像化したいと熱望したらしいと熊岡は聞いていた。

原作と台本に多少の違いはあるだろうが、熊岡も原作は読破済みだった。

自分の力をくすぶらせながら田舎で家を継いだ男が、都会から来た若い男と触れ合い、田舎の仲間達も巻き込んで色々あるのだが、男は最終的に故郷を愛している自分に気付くという、ささやかな話だった。

「圭さんも、今までとイメージ違うね。バリバリやってるのはイメージだけど、田舎に逃げるんだよね？」

「でも、基本的に静かな男だな。あまり感情的にならず最後には自分の立ち位置をあきらめる」

田舎にあこがれながら、最終的には都会でしか暮らせないという選択をする事で、熊岡演じる「波多野《はたの》」はラストシーンを迎えるはずだ。

どうしても手に入らないものは仕方がないという結論は、読み終わってからもしばらく熊岡の脳裏《のうり》に強く残った。

「そうなんだ、なんか難しそうだね」

「だからこそ演じ甲斐もあるけどな」

「はは、流石《さすが》。じゃ、俺はすげえ楽しみにして待ってるわ」

コーヒーを飲み終えた佐倉井が腰をあげ、熊岡は思わず佐倉井を呼びとめた。

「それで」

熊岡は言いかけた言葉を一度飲んで、佐倉井を見つめる。熊岡の予想では、この辺りで佐倉井は一度くらい、自らの不安を口にすると思っていたのだ。熊岡だって思わずにはいられない、すれ違う事への不安。本格的に撮影が始まると、長期のロケで留守が多くなったり、生活時間帯が変わったりもする。佐倉井と一緒に暮らし始めてからも、しばしばそんな事があったので、それは佐倉井も分かっているはずだ。

けれど、佐倉井は未《いま》だ嬉しそうな顔のままで、不安の表情はみじんも見えない。逆に、熊岡はその事が不安になった。

——会う時間が少なくなって不安なのは、もしかして俺だけなんだろうか。

「圭さん？」

「……ロケの予定もあるんだ」

「そっか、田舎が舞台だもんね」

一瞬、胸の奥を駆けたざわつくような気持ちを誤魔化す為に、コーヒーを流し込む。喉と胃を温めた熱で少しは落ち着いたが、もう一度向けた視線の先で、やはり佐倉井は嬉しそうだった。

「じゃあ、忙しくなるね」

「そう、だな。だから俺に構わず、お前はお前の生活をすればいい」

平然とした顔をする事くらい簡単なはずなのに、どうしても笑顔が作れない。熊岡はそっと佐倉井から目を逸《そ》らした。

——お前は平気なのか？

油断すれば口をついて出てきそうな不安を飲み込んだ時、佐倉井がぽつりと呟く。

「俺も忙しくなるから、ちょうどいいかもね」

「……店がか？」

「え、あ、うん。なんかちょっと新店出すとかで、店長もばたばたしてて。そうだ、俺後輩出来るんだよ、新人が入って」

「そうなのか」

「なんか、俺が教育するんだって、新人の」

面倒だし向いてないよね、などと呟いた佐倉井はどこかはにかんだように笑った。確かに、お互い忙しくなるのは間違いないのだろう。

「そうか、お前も頑張らないとな」

「うん。圭さんもね」

テーブル越しに、佐倉井の手が熊岡の頬を包み、そのまま身を乗り出してきた佐倉井に唇を吸われる。

「ん……っ」

重なる唇はいつものように熱いのに、何故か酷く寂しかった。

——お互い忙しいという事は、ますます会えない時間が増える……。

いつもべったり側にいたい、などとは思わないが、それでもこうやって過ごす時間を熊岡なりに愛しく思っている。それが減る事はやはり辛い。

けれど、佐倉井はそうではないのかもしれない。少なくとも、今は自分の方が相手を思うウエイトが高いのだろうと微かな痛みを覚えそうになって、慌てて首を振った。

——こいつは俺を応援してくれてる。こいつが頑張るのを、俺も喜んでやるべきだ。

この間、佐倉井が言った「対等」とはそういう事でもあるのではないか、と熊岡は無理に気持ちを切り替えた。

「圭さん？　キス、ダメ？」

「え？　いや、構わない、けど」

「よかった、首振られたから嫌なのかと思った」

「違っ、そうじゃない」

「じゃあ、もっと触れていい？」

問いかけの形を取っているくせに、佐倉井は引く気がないかのように強い力で手首を摑んだ。求められる痛みに安堵しながら、熊岡はそっと頷いた。


それからしばらくしないうちに、予想した通り、あまり家でも顔を合わさなくなった。

熊岡はまだスタジオ通いだったが、拘束時間が長く帰る時間もまちまちだった。朝が早い事もあれば、深夜が撮影のピークになる事もある。映画の仕事だけではなく、ドラマや取材も入っているので、どうしてもそうなるのだ。それは想定内だった。

佐倉井も、自分で言っていたように忙しそうだった。深夜に帰宅すると、だいたい寝た後で、まだ日を越えない時間には帰っていない事もある。話したい、と思う事もあったが、疲れているだろう佐倉井をたたき起こすわけにもいかず、熊岡も静かに部屋に戻るのだった。

それでも、一か月は我慢できた。忙しさに追われていると時間の経過はあっという間で、色々な雑念を振り払う事ができた。その忙しさに慣れてきた頃、まるで突然足元に現れた裂け目にでも吸い込まれるように、がくんと寂しさに気付く。

――会いたいな。

口にすれば、止まらなくなるかもしれない弱音《よわね》を飲み込んだ熊岡は、移動中の車内でスマートフォンを取り出す。この時間なら佐倉井はカフェの仕事を終え、家路に就《つ》いているはずだと、佐倉井の番号を押した。

けれど、電話は虚しく呼び出し音を繰り返した後、無機質な声で電源が入っていない事を知らせるメッセージが流れた。面倒を見る事になったという新人とでも飲みに行ったりしているのかもしれない、と自分で無理に理由を作ってみるが、こぼれ出る溜息《ためいき》を殺す事はできなかった。

――そう言えば新人ってどんな人だろう。

そんなたわいのない話すらしていないのだと、気付くと同時に、胸がざわつく。

元々、無意識でモテる男だ。客の中にも佐倉井目当ての若い女性がいる事は知っている。佐倉井はするりとかわしてはいるが、それでもやはりいい気はしない。

客とは過ごす時間が短いから耐えられるが、同じ職場のスタッフともなると話は変わってくる。最近やる気を出している佐倉井は、新人をマメに面倒見るだろう。もし、若い女性などが新人だった場合、慣れない職場で優しくしてくれる先輩によろめかない、なんて事はあるのだろうか。

佐倉井の事を信じないわけではないが、基本的に優しい男で拒む事も得意としないだろうから、と熊岡は不安になる。と同時に、妄想でここまで考えられる自分に呆《あき》れもする。

――馬鹿か、俺は。

それでも、その馬鹿みたいな妄想から生じる不安は少しも熊岡から離れていきはしなかった。

そんな事がそれからしばらく続いた。

珍しく早めに仕事を終えた時には、閉店間際のカフェに駆け込んでみたのだが、佐倉井はおらず、代わりに見覚えのない若い男性店員がたどたどしく注文を取りに来た。これが新人なのだろう。佐倉井の事を聞いてみたかったが、そうするわけにもいかず、コーヒー一杯で店を出た。

とりあえず、佐倉井好みの可愛く若い女性新人でなかった事には胸を撫で下ろしたが、佐倉井の場合性別は問題ではないのだから性質《たち》が悪い。新人男性は「可愛い」というより「イケメン風」で、どちらかというと佐倉井とタイプがかぶるな、と思った。この場合、佐倉井が新人とどうこうなる不安よりも、新人の友人達から言い寄られるという不安の方にシフトしていくものだ。

——だから、俺は馬鹿か。

またもや起きてもいない事を妄想して、頭が痛くなったのを振り払うがこんな風に思ってしまうのは佐倉井に会えないからだと、佐倉井に対する逆恨《さかうら》みのような怒りさえ湧《わ》いてきてしまった。

——せっかく来たのに会えないし。

佐倉井のシフトはカレンダーに書いてあるので、把握しているつもりだったが、見過ごしていたらしい。自分らしからぬミスに動揺しながら電話をしてみるが、また出ない。苛立《いらだ》ちながらも家に帰る気にならずぶらついていると、しばらくして電話がかかってくる。すぐに出たい気持ちを抑《おさ》えて、わざと焦《じ》らすと電話は五コールで切れた。

「なんだよ、もっとねばれよ」

絶対に文句を言ってやる、と思いつつかけなおすと、佐倉井はワンコールで出た。

『あ、圭さん？　今大丈夫なの？』

「今日はもう上がった。お前、休みなんだろう、どこだ？」

『あー、俺、ちょっと用事あって出てるんだよね。せっかくだから晩飯くらい一緒したかったなー』

久し振りにまともに会えるかもしれないと期待した気持ちがたちまちしぼんで熊岡は思わず舌を打った。電話越しでも響いたらしい音に、佐倉井はすまなそうに謝ってきたが、

「もういい」

熊岡はそのまま電話を切り、電源を落としてしまった。

——あいつはなんとも思わないのか？

胸を過ぎていく冷たい風のような感情を、佐倉井は感じないのだろうかと思うと、目の奥が痛くなる。

——俺は、会いたいのに。

そういえば、元から相手によりこだわっていたのは自分の方だった。相当強引な手で佐倉井を引き止め、手に入れたのだから、お互いの想いのベクトルが違うのは仕方がない。そう言い聞かせても、心臓の辺りに広がる重苦しい澱《おり》を払う事も出来ず、熊岡はやるせなく前髪をかきあげた。

——俺の方があいつを圧倒的に好きなんだろうな。

これではまるで片想いをし続けているみたいだ、とまで思う自分の卑屈《ひくつ》さに自嘲《じちょう》しながら、星が出始めた夜空を見上げた。

結局その後もあまり話もできないまま、熊岡は一か月の長期ロケに入った。

ロケ先は都心から遠く離れた山奥だった。

遥《はる》か昔、親の実家に帰省した時、祖母が住んでいたのがこんな田舎だったなと思いつつ車から降りると、見事に辺りは山しか見えない。村に一つしかないという民宿を借り切ってのロケは熊岡も初めての経験だ。

若い共演者達はスマートフォンの電波が入るのか、コンビニはあるのか、わあ虫だ、と騒いでいたが熊岡は不便さも虫も気にならなかった。スマートフォンの電波だけは確認したが、ちゃんと使えそうで、それにはほっと胸を撫で下ろす。

それよりも重大な不安は、長い期間、このメンバーで日々を過ごすという事だ。撮影中は何も気にならないが、それ以外の時間で熊岡はどうしても一人の時間が必要になる。同じ立場なので、立ち入るなと言えば必要以上に立ち入ってはこないだろうが、始終自分だけのペースで動くという事も難しいだろう。

それを含めて役者なのだろうが、その辺りの関わり方が、どうしても熊岡は苦手だった。

佐倉井と暮らすようになって、少しはましになった気もするが、こう長期だと気が重い。

――いい映画の為だから。

そう自分に言い聞かせて少しでも気を紛《まぎ》らわせようと、マネージャーの矢吹《やぶき》に断ってから散策に出た。予想外なのは、そこに豊中達哉もついてきた事だった。

「圭、散歩なら僕も一緒していいかな？」

疑問形ではあるが、断ったとしてもついてくるのだろうと、不承不承《ふしょうぶしょう》頷く。一緒してもいいか、などと下手に出た割に、先導したのは豊中だった。

「やっぱり山は空気がいいね」

「そうですね」

「僕の実家もこんな山なんだ。もう少し盆地だけどね」

「そうなんですか？　じゃあ、やりやすいですね」

「それは別問題だな。でも、圭とだからやりやすい、っていう事はあるかもしれないけどね」

含み笑いをした豊中は、散歩道が川沿いにさしかかった場所で足を止めた。なんだろうと顔をあげると、豊中は珍しく笑みを消して熊岡を見つめてくる。

「具合でも悪いか？」

「そんな事ないです」

「そう。だったらいいけど。目標にしてた池内監督との仕事だし、気負いすぎてないかと思ったんだけどね」

「それはまあ、気負ってます。でも、もう撮影に入ってしばらく経ってるし、今更ですよ」

「だったらいいけどね。なんとなく、心ここにあらずに見えたから。じゃ、問題はもしかして彼の事かな」

いたずら気な笑みを浮かべた豊中に、熊岡は思わず言葉を失った。佐倉井の事を知っている豊中にしてみれば、予想はつきやすかったのかもしれない。しかし、何より、そんなに分かりやすく態度に出ていたのかと、呆然とした。

「別に、そんなんじゃ、ないです」

「『しばらく会えないなんて寂しいよ熊岡サン』みたいな事でも言われたのかな」

言葉に詰まってしまったのは、熊岡も少しはそう言われるかと想像していたのに、佐倉井は一言もそんな事を言わなかった、からだ。

「おや、図星《ずぼし》」

「違いますよ。あいつはそんな事言いません」

熊岡の言葉に、豊中は目を丸くして大きく瞬いた。

「そうかい？　彼はそういうタイプだったたと思うけど」

熊岡もそう思っていた。

——でも、あいつは言わなかった、寂しいなんて。

むしろ、お互い忙しくなるからちょうどいい、などとは言ったが。

「ふうん。彼も成長してるって事かな」

「そう、ですね」

豊中に言われると、そんな気がしてくる。

店で仕事ぶりを見ながら熊岡が気付いた変化も、時計のプレゼントを受け取らなかった事も、寂しいと言わないのも、佐倉井が成長したからなのかもしれない。

元々、歳の割に子供っぽい考え方だったのは確かで、それに比べると、最近はかなり大人びた顔もするようになった。

――だったら俺は全然成長してないんだな。

「ふむ、恋人になって一年も経たずにそんな表情させるなんて、彼が成長したなんてのは気のせいだな」

豊中に前髪を引かれて、我に返る。

「そんな事ないです、あいつは頑張ってる」

「でも、圭はそんな顔をしてる。まだまだこれは入り込める余地があるって事だ」

「達哉さんっ」

「冗談だよ。まあ、何かあったら話くらい聞く相手がいるって事は覚えていたらいい」

再び歩を進め出した豊中の背中をぼんやり見ていると、不思議そうに振り返られたが、もう少しここにいると告げると、豊中は先に行ってしまった。

豊中を見送った後川べりにかかる橋の欄干《らんかん》にもたれながら、またぼんやりと川の流れを見つめた。

——こんなんじゃ駄目だろう。

佐倉井の事を考えて、それが表情に出ているなど、しかもそれを人から指摘されるなど考えられない事だ。

せめて出てくる前に少しでも会えればよかったのだが、結局すれ違いでまともに話も出来なかったのが痛い。メールは来たが、やはり顔が見たいし、声が聞きたい。

——でも、こんな風に思っているのは、俺だけなんだよな、多分。

佐倉井ならきっと、そうしたいと思えば少しばかり無茶だとしてもそうするはずで、そうしないのはそこまでの事なのだろう。

気分転換の散歩に出たはずなのに、結局思考がそこにたどり着いてしまう。こんな事なら本でも読んでいる方がましだと、熊岡は散歩を切り上げた。

宿に戻ると、どこで道草を食っていたのか豊中もほぼ同時に散歩から戻ったようだった。

「豊中さんとご一緒だったんですね」

マネージャーの矢吹がどこか安心したように笑い、豊中が大仰《おおぎょう》に肩をすくめる。

「それが途中でフラれてしまってね」

「豊中さんをフるなんて、熊岡さん……」

「いや待て、俺は別に」

「仕方ないから、地域のお姉さま方と談笑してきたよ」

これでは本当に自分が悪いみたいだ、と目を細めるが、矢吹と豊中は面白そうに笑い合っていて、完全に遊ばれているのだと気付く。

憮然《ぶぜん》としたままで顔をそむけると、共演の俳優、坂本《さかもと》と目が合った。親しくはないが、お互いに知っている程度の認識で、どちらかというと野心家なタイプだと熊岡は相手の事を思っている。坂本は熊岡をねめつけると、あからさまに顔をゆがめ舌を打った。豊中と矢吹はまだ談笑しているから気付いていない。もしかしたらそれも分かった上で、熊岡にだけ分かるように取った態度なのかもしれない。

昔から周りには色々と言われているから、そういう態度には慣れている。それでも、こうもストレートな悪意をぶつけられるのは久し振りで、思わず面食らってしまった熊岡に坂本はもう一度鋭い視線を投げると、そのまま去ってしまった。

こういう事にも慣れているとはいえ、重い気分が一段と重くなる。

――とにかく。ここからは仕事にだけ集中しよう。

そのように自分に言い聞かせてはみたが、胸の奥に生じた冷たい風がなくなる事はなかった。

次の日から山村での撮影が始まった。

中心になるのは、廃校になった小学校とその裏山で、朝日が欲しいと監督が言えば夜明け前、夕焼けが欲しいと言えば夕方に撮影が入る。途中、雨で滞《とどこお》ったりもしながら、撮影は進んだ。

撮影に入ってしまえば、熊岡もいつも通りに役に入り込めるはずだったが、どうにも調子が上がらない。大きな失敗はしていないが、納得いかない演技で、やり直しをさせてもらう事もあった。

こんな事では駄目だと気負えば気負うほどにから回る感覚も覚えていた。

それは役の説明の難しさとは別の問題もあっただろう。熊岡演じる「波多野」は都会で挫折して、田舎ののどかさにあこがれ逃げてきた、言わばプライドは高いが弱い男だ。そう理解しながら演じてきたが、どうしても熊岡には摑めない場面があった。

それは豊中と坂本と熊岡の三人のシーンで、村おこしのイベント準備に必死になるよそ者「波多野」と豊中ら村人達の温度差から生じるすれ違いに、「波多野」が苛立ちをぶつける場面だ。プライドが高い「波多野」が、感情をあらわにするのは、このシーンだけなのだが感情を高めるきっかけが摑めないでいる。

そのシーンはまだ先の予定だったので、撮影を進めながら自分のものに落とし込んでいこうと思っていたのだが。

「うーん、今日の空はいいね、これは三人のシーンを今日撮ってしまおうか。いけるよね?」

監督が不意に言い出した。自然の中で撮影する場合、天候や気候に合わせて予定が変わるのは当然の事なのだが、熊岡は思わず言葉を飲んでしまった。

「大丈夫ですよ」

「出来ます」

豊中と坂本が間髪《かんはつ》入れず頷き、熊岡も慌てて頷いたが、一瞬でも躊躇《ちゅうちょ》してしまった自分が腹立たしかった。

「熊岡君、セリフ長いけど大丈夫？」

「大丈夫です」

「だよね、よろしく」

長セリフは熊岡の得意とする所だ。この場面は長回しというカット割をしないで行う撮影なので、誰かが間違うと全員で最初からやり直さなければならない。そういう緊張感も含めて、普段なら熊岡も得意で好きな手法だ。けれど、今は少しの不安が頭をよぎった。

「圭、よろしく」

豊中が目の奥に強い光を宿して見つめてきたが、なんとか見つめ返せただけだった。

三人のシーンだが、主導は熊岡だ。ここで他に観客の視線を持っていかれるなど、あってはならないのだが、豊中は容赦《ようしゃ》なく光を放ってくる。食らいつくつもりで挑《いど》まないと敵《かな》わない。

「俺も負ける気はない」

元々熊岡に敵愾心《てきがいしん》を抱いているのだろう坂本などはやる気まんまんといった所だろう。もちろん、熊岡も負ける気はないのだ。

――これは俺の仕事だ。

死ぬまでやると決めて、人生を懸《か》けた。少しばかり心が揺れているからといって、それが芝居にまで影響してたまるものか。

拳《こぶし》を握り締めて、カメラの前に立った。

「スタート」

カチンコの音と同時に豊中の気配が変わる。三人の会話のきっかけは豊中からだった。

『このままじゃ間に合わないなあ』

『間に合わない、じゃないでしょう？』

『でも皆忙しいんだよ』

『そんな事じゃ間に合わないでしょう？　こういう時は普通、皆で時間を作ってでも納得出来るものに仕上げるべきじゃないですか。この町が大事だって言ってたのは嘘だったんですか、本当はこんな事もどうでもいい事だったんですか』

豊中と坂本が声を失う。

『これじゃまるで俺の独りよがりじゃないか！』

独りよがり。まるで、今の自分のようで。

静寂が流れる。

短いはずなのに、やけに長く感じる静寂だった。

「カット！」

監督の声で、熊岡はハッと我に返った。

「圭？」

「熊岡さん」

豊中と坂本に声を掛けられて、初めて気付く。

「あっ、俺……」

次のセリフは熊岡のものだったのだ。

セリフを飛ばしたのは久し振りだった。長回しで飛ばした事など一度もなく、今回が初めてだった。

「すみません！」

「珍しいね、やっぱ急だったたから？」

頭を下げる熊岡に監督は笑ったが、熊岡はふがいなさと悔しさで唇を噛んで頭を下げる事しか出来なくなっていた。

「大丈夫です、すみません」

「じゃあ、もう一回、と言いたい所だけど、ちょっと曇ってきたから青空待とう」

監督の言葉で、小休止になる。

頭を下げたままの熊岡の頭上で、大きな舌打ちが響いたのはその時だった。

「なんだよ、ノーミスだけが取り柄《え》なんだろ」

坂本だった。言い返したかったが、大きなミスの後では何を言っても負け犬の遠吠えだ。熊岡は拳を握り締めて頭を下げるしかない。

「大丈夫ですか、ロケに入ってから調子上がりませんね」

マネージャーの矢吹に心配されて、ますますふがいなさに腹が立ってくる。坂本の言葉は真理だった。元々表情が硬いと言われていた熊岡だがミスをしない優等生というのが売りだった。それをミスしたのはどうとも言い訳出来ない。監督の望む空が戻るかどうかの確信もないロケでは、今のミスが致命的となる場合もあるのだ。

「くそっ」

握り締めた拳は自分にぶつける以外、向かわせる当てはなかった。自分にたたきつけたくなる拳をもう片方の手で押さえつけたのは意地だったかもしれない。

調子が悪い理由など、薄々分かっている。しかしそれを仕事に持ち込んでいる事も自分で許せない。

拳を握り締めて椅子《いす》に座り込む熊岡の隣に、不意に気配がした。驚いて顔をあげると、さっきまでとはまるで違う素《す》の顔をした豊中が隣の椅子に座り込んだ所だった。

長い脚《あし》を組んで体を熊岡の方に向けた豊中は、まるでいつも通りの明るい笑みを見せた。

「けっこうへこんでるな」

「……すみません」

「珍しいね、圭が長回しのセリフ飛ばすなんて」

珍しいじゃない、初めてだ、と言いそうになってぐっと飲み込む。そんな事はもうどうでもいい事だった。

「すみません」

「うん、本当にどうしたんだ？」

大丈夫です、そう答えるのが正解だろう。少なくとも今まではそうしてきたし、弱みなんて誰が相手でも見せたくなかった。

——でも、もう。

意地なんてものだけでいい芝居が出来ないのならば。

知らず、口が開いた。

「悔しい、です、俺」

感情を吐露《とろ》した熊岡に、豊中は目を見開いて大きく瞬いたが、何も言わなかった。黙る事で続きを促《うなが》されたようで、熊岡は続ける。

「ちゃんと、したい。でも、から回ってばかりで。――頑張れって、頑張れってあいつは言ってくれたのに」

頑張りたかった。佐倉井とすれ違っても、あいつも頑張ってるんだと言い聞かせる事でここまで来たのに、自分はまるで頑張れていない気がする。すれ違いの不安だけが大きくなって、こんな事では駄目だと分かっているのに。

しばらく黙って熊岡を見つめていた豊中は、腕を組んで小さく唸った。

「達哉さん？」

「いや、うん。お前、変わったなあって思ってね。こんな風に感情を出せるようになるなんて」

「情けない、ですよね」

「いや？　そういう事じゃない。弱さを見せられるのは、強さだと思うけどね。もしかして、これは彼の影響なのかな」

彼――佐倉井の――。

『圭さん』

まるで大事でたまらないものでも呼ぶような声を思い出して胸が詰まった。

「そう、ですね、きっと」

子供の頃から芸能界にいて、色々なものを見てきた。たいていの事では動じなくなったし、本音を見せるなんて事は怖い事だと知っている。感情を動かさないようになったのは必然だったはずなのに、佐倉井には大きく揺らされるのだ。

「大事、ですね」

思わず声になった言葉に、豊中は呆れたように、けれど、どこか面白そうに笑っただけだった。ちょうどそのタイミングで矢吹が声を掛けてくる。

「あの、今大丈夫ですか？　電話なんですけど。その、佐倉井君から」

「大丈夫だよ」

何故か豊中が答えて、熊岡の肩を優しくたたいた。

「熊岡さん」

矢吹に差し出されたスマートフォンを手に取って、そっと耳に当てる。

「……佐倉井」

『あ、圭さん、今大丈夫？』

「大丈夫だから出ている」

『そっか、そうだね、えーと、うん、元気？』

久し振りの声だった。佐倉井は明るく、よく通る低めのいつも通りの声だった。こんなタイミングで声が聞けるなんて思ってもいなかったのに、何故か上手く声が出ない。

あんなに会いたいと思っていたのに、久し振りという事もあって、ただの電話だというのになんとなく何をどう話せばいいか分からなくて緊張すらしてしまっている。

「元気だ」

ぎこちなく答えると、佐倉井はもう一度優しい声で熊岡の名を呼んだ。

『圭さん。なんか……元気ない？　大丈夫？』

「そんな事は、ない、ぞ」

何故気付くのだと思う一方で気付いてくれたのかと頬が緩んだ。

『そっか。やっぱ大変だよね、撮影。俺なんかじゃなんにも出来ないし』

「そんな事はない。お前の方こそ忙しいんだろう？　どうなんだ？」

『うん、まあ、なんとかやってる。でも上手くいかない事もあって』

「新人の事か？」

『んー色々、ね。ほら、俺ってそれなりになんでも出来てたじゃん？　でも上手くいかない事もあるんだなって、当たり前だけど』

佐倉井は言葉の割にはふっきれたような笑い声をあげていた。上手くいかない、それは熊岡も今感じて悩んでいる事だが、佐倉井もそうなのかと、妙に繋《つな》がっているような気がして少しくすぐったいような気分だ。けれど、佐倉井は熊岡と違って、それを笑っているのが不思議だった。

「お前は、どうしてそれで笑ってられるんだ？　乗り切ったのか」

『うん。まあね。上手く出来ないのは単に俺の力が足りないだけだったし、これから力つけるよ。今は出し惜しみしないで出来る事をやるしかないなって』

電話の向こうでまた笑う声が聞こえる。熊岡の好きな、よく通る低めの声が耳に優しかった。

どうしてこんなに離れているのだろうと、ぼんやりと思う。側にいればすぐに抱きしめられるのに。

けれど、この距離は熊岡が「熊岡圭」でいる為に必要な距離だった。佐倉井がくれた「熊岡圭」でいる為に。

「そうか。お前も頑張っているんだな」

『圭さんも。でも無理はしないでね』

ああ、と答えて電話を切ると、知らず目が細まった。

「顔が緩んでる」

すっかり忘れていたが、豊中はずっと隣にいたらしい。溜息混じりに指摘されて慌てて口元を覆ったが、その下では口が緩むのを抑えられなかった。

早くこうして声が聞ければよかったのだ。それだけでこんなに気持ちが湧き上がるのに。

「今出来る事を必死でやる」

そんな当たり前の事すら忘れかけていたなんて。

——本当に佐倉井は俺を揺らす。

それが恋故《ゆえ》なのかは分からない。けれど、熊岡はもう、先ほどまでの不安も焦燥《しょうそう》も胸にない事に気付いていた。

「単純ですかね」

「色ぼけなんてそんなものだよ」

「色っ」

豊中に反論しようと思ったと同時に、助監督に呼ばれる。

「空が戻ったので、続き入ります」

見上げると、雲は通りすぎ胸のすくような青空が見えていた。

「じゃ、次は頼むよ」

豊中に手を引かれて立ち上がる。

もう迷いはなかった。

「任せてください」

坂本も加えて、先ほどと同じように立ち位置に立つ。

「大丈夫なんですかね」

嘲笑《あざわら》うような坂本の声にも笑みで応えた。

「じゃあ、よろしく。——スタート！」

豊中のセリフから掛け合いが始まる。先ほどまでの砕けた豊中はもういない。観客の視線を全部持っていく迫力と華を兼ね備えた存在になっている。

坂本がそれに応える。野心をあらわにするような強烈な印象を持って。

——俺が今出来る事を惜しみなく。

『これじゃまるで俺の独りよがりじゃないか！』

佐倉井とのすれ違いも、心に冷たく風が吹くような不安も、全て無駄ではなく熊岡圭を作る一部になったのだから。そんな不安を口にする事がどれだけ勇気がいる事なのかも、熊岡はもう知っている。

それを、セリフに乗せた。

——上手く出来ないのなら、必死になる以外何が出来る！

元々、熊岡はそういう俳優だった。器用に見えて、本当はいつも力をつけようと必死だった。それを格好いいと言ったのは、他でもない佐倉井で、熊岡はそれを支えにしてきたのだ。

——俺はやる。

豊中の華にも坂本の迫力にも負ける気はない。

長いセリフの応酬《おうしゅう》はしばらく続いたが、熊岡はまるで数秒のように感じた。

「カット！」

掛け声で我に返った時は、全身汗だくだった。

しばらく黙り込んで立ち尽くす三人に、監督が一番に声を掛ける。

「よかったよ、熊岡君！　こんな感情的になった姿初めて見たなあ。綺麗でクールな熊岡君もいいけど、今のはすごくよかった、こういう顔を見せて欲しいんだ」

「ありがとうございます」

頭を下げながら熊岡は不思議な気分だった。そんなにいつもと違っただろうかと豊中を見ると、複雑な表情で眉を寄せている。

「達哉さん」

「あー、やられたな。ここ熊岡君に全部持っていかれたと思う。ねえ坂本君？」

「――最初からこうすりゃよかったんですよ」

吐き捨てるように坂本は言い残してさっさと控えテントに戻っていった。その後ろ姿にそっと頭を下げて顔をあげると豊中の優しい笑みと視線がぶつかった。

「綺麗でクールなだけじゃない熊岡圭、ね。あいつの前ではいつもそうなんだろうけどね」

「……ええ、あいつのおかげです」

「本当、胸やけするぐらいに妬《や》けるな」

豊中に続いてテントへと向かう熊岡の頬を爽《さわ》やかな風が撫でる。一歩先に進めたような感覚に酔いながら見上げた空は青く、高かった。

その後、撮影は順調に進んだ。何かが味方をするように天候も安定したロケは当初の予定より早く終了し、ロケ先の山村を後にしたのは予定より三日前の昼の事だった。


ほんの一か月程来なかっただけなのに、やけに懐かしく感じる。熊岡はブルーグラスの前で苦笑を浮かべた。

――どれだけ餓《う》えてるんだ、俺は。

予定より早めの帰宅は夕方過ぎで、家にはまだ佐倉井の姿はなかった。シフトを確認すると、今日は出勤日らしい。このまま部屋で体を休めていてもいいが、少しだけいたずら心が湧く。

――迎えに行って驚かせようか。

しばらくのすれ違いに心を揺らせた熊岡の、ちょっとした復讐《ふくしゅう》だ。わざと連絡を入れずに家を出ると、外は夜の暗さを迎えつつあった。本格的な秋が迫っている事を風で感じながら、歩き慣れた道を歩く。無意識に早足になるのは、気が急《せ》いているからだろう。

早く会いたい。

話したい事がたくさんあった。

「カフェブルーグラス」に着いた時、店はもう閉まっていたが、中にはまだ灯《あか》りがついていた。時計を確認すると、片付けの最中といった所だろう。こんな時間に来る事もあるので、勝手知ったるなんとやら、熊岡はそっと中を覗いてみるが佐倉井の姿は見えなかった。

店内の片付けを終えて、着替えに行ったのかもしれない。そうすれば、出てくるのは従業員専用出入り口のある裏口だ。そこで待ち伏せたら、佐倉井の驚いた顔が見られるに違いない。

熊岡はどこか浮ついた気分で裏口に回る。

と、裏手に人の気配がする。

誰か出てきたのかと物陰から様子をうかがうと、まだ制服姿の佐倉井がゴミを捨てに出ているようだった。

久し振りに見る姿に、声が詰まる。ほんの少し会えなくてほんの少しすれ違っただけだというのに、どうしてこんなに懐かしく思うのだろう。人生のほとんどは佐倉井無しで生きてきたのに、ほんの少し側にいただけで、もう離れたくないと思ってしまうなど、どうかしている。

それが恋だというなら、恋とは恐ろしいものだ。そしてその甘い恐怖から逃れられない事も、もう熊岡には分かっていた。

久し振りに見る佐倉井は、どこか大人びて見えた。

――髪、少し伸びたな。

見た目はふわふわだが指を滑らすと意外に硬い髪を早く触りたかった。

着替えて出てくるまで待っていようと思っていたが、待ち切れそうにない。もうここで声を掛けてしまおうと口を開きかけた時だった。

「さく――」

「でもさ、お前がこんなにマジになるなんてな」

熊岡の言葉を切らせたのは佐倉井ではない、第三者のものだった。声と共に、佐倉井が体をずらした後ろに、見たくない姿が見える。

内野だった。

「酷いなあ、内野さん。俺だってやる時はやるんです」

「それだよそれ、そんなのずっと口だけだったじゃねえか」

内野の軽口に佐倉井は面白そうに笑っている。

「なんかね、やっぱ先の事を考えるのって楽しいかもしれない」

「まあ、お前はずっとその日暮らしだったからな。先の事を考えるようになるなんて、昔からしたら成長したんだろうな」

別にいつ姿を見せてもよかったが、熊岡は思わず歩を進める事に怯《ひる》んでしまった。内野がいるから、ではなく、なんとなく二人だけの話をしているように見えるからだ。のこのこ出て行く空気ではない。

黙って会話が切れるのを待つ。

——というか、内野が帰ればいい。

佐倉井の仕事が終わる時間を知っているのは内野も同じなのだから、今ここに内野がいるという事はわざわざ佐倉井に会いに来ているのだろう。そういえば、前も何か話があるとかで店に来ていた。自分の知らない事があるのは当然で仕方がない事なのだと頭では理解出来るが、やはりこう目の前にすると、もやもやする。

ロケ前の会えない時期には、見ず知らずの新人店員を妄想してもやもやしていたが、本当に危険なのは他の誰でもなく、内野だったのに。

熊岡がいる事など知る由《よし》もない二人は、楽しそうに談笑を続けていた。

「今日はあっち休みなのか？」

「そう、だからこっちの仕事ラストまで出られたんだ。店長とか皆のおかげで行けてるから」

「まだまだ先は長いからな、無理しすぎてバテんなよ？」

気になる言葉があった。あっち、とはなんの事だろうか。もしかして、新しいバイトでも始めたのかと眉を顰めた熊岡に耳を疑う言葉が聞こえてきたのは、次の瞬間だった。

「けど、お前が学校行くなんてな。内野さんの行ってた調理師学校ってどこですかーって聞いてきた時は驚いたぞ？」

「だって店長は学校行かずに調理師資格取ったって言うし、他に聞ける人いなかったんだもん」

「だもん、じゃねえよ。だいたい、飲食業は本当に厳しいんだからな」

「分かってるって、何度も聞いた」

「いやお前は分かってない」

内野は佐倉井に飲食業の大変さを語り始めたが、熊岡はもう何も聞こえなかった。

——学校？　調理師？　なんの事だ？

そんな話は欠片《かけら》も聞いていない。聞いているのは、ブルーグラスに新人が入るから忙しくなる、という話だけだ。

——誰が学校に行くって？

確かに忙しそうだった。ここの仕事を終えているはずなのに帰っていなかったり、電話が通じなかったり、倒れるように眠っていたり。

——仕事の後に、学校に行っていたからか？

そんな事、聞いていない。

——どうして。

佐倉井は何も言わなかったのだろうか。内野には相談した事を、何故自分には語ってくれなかったのか。

頭の中をぐるぐると「何故」ばかりが巡る。

立ち尽くす熊岡をよそに、佐倉井は嬉しそうに笑っている。それが熊岡の心を凍りつかせていった。

「内野さん、分かったって。まあ、俺の今までが酷すぎて信用ないんだろうけどさ」

「そうじゃない、俺はお前を心配して」

「うん、ありがと。でも俺、大変というより楽しい。夢とかそんな不確かなモノよく分からなかったんだけど、今はすごく考えるんだよね。先の事、ぼんやりじゃなくて、はっきり考える」

「そりゃお前、夢っていうか目標だからだろ」

「うん、俺、ちゃんと胸張って立っていたいから」

目を輝かせて語る佐倉井は、まるで熊岡の知らない男のようだった。

良い変化なのだろう。何も見つけられずくすぶっているような状況から、佐倉井は変わろうとしている。

——俺の知らない所で。俺の知らない事で。

そして、それを内野は知っている。

それは言葉以上に熊岡を打ちのめした。

「まあ、待っててくださいよ、いつかいい報告しますから」

「言ってろ。俺はじいさんになるまで待つ気はないからな」

「そんなにかからない……ようにします！」

「はいはい、楽しみだよ」

軽くあしらった内野は、それでも優しい目で佐倉井を見つめていた。

二人の世界なんだと思った。

これ以上、ここにいる事が耐えきれなくて、熊岡は踵《きびす》を返す。

その背中に、驚いたような佐倉井の声が降ってきたのは予想外だったが。

「えっ、嘘、圭さん!?　なんで？　ちょ、待って！」

足を止めない熊岡を慌てて追ったのか、佐倉井は少し乱暴に熊岡の肩を摑んだ。引き寄せられて嫌でも向き合う事になるが、どうしてもその顔をまっすぐに見る事は出来なかった。

「ロケ終わったの？」

「ああ」

「俺ちょうど今から着替えるから、待ってて？　一緒に帰ろう」

佐倉井は弾んだ声でそれだけ告げると、駆けていく。内野が驚いたように熊岡を見ていたが、それに応える余裕もなく、熊岡は身をひるがえした。

とても、佐倉井と一緒に帰る気にはならず、熊岡は佐倉井を待たず、一人部屋へと戻った。

カフェに向かう時はあんなに軽かった足が、嘘のように重く、帰り道はいつもの倍程に長く感じた。

家に戻った熊岡はそのまま自分の部屋に閉じこもった。佐倉井はすぐに帰ってくるだろうが、今は冷静に話が出来る自信がない。ベッドにもぐり込むと、毛布をかぶって強く目を閉じる。そうすると、先ほどの佐倉井と内野のやり取りを思い出してしまい、思わず毛布をはいで飛び起きた。

「くっそ！」

目を閉じる事も出来ないなんて、どうしてこうも自分は情けなく弱いのだろう。

——くそ、こんなのあいつのせいじゃないか。

毛布を殴りつけて痛みも感じない拳にますます気が立った。

それからすぐ、佐倉井は帰ってきた。

「圭さん、圭さん？」

ドアのノック音を無視していると、遠慮のない顔がドアから覗く。

「圭さん、どうしたの？　俺、待っててって言ったじゃん？」

何を言うかと思えば「どうしたの？」と問うてくる辺り、佐倉井はまるで悪びれない。熊岡が言葉に出さずに機嫌を悪くする事は多々ある事なので、いつものそんなものだとでも思っているのだろう。

自分はこんなに揺らされているというのに、佐倉井が何も変わらないいつも通りな事に頭に血が上る。けれど、自分だけが必死になっている事が悔しくて、熊岡は冷静にふるまおうと深く息を吸った。

佐倉井は平然と熊岡の部屋に足を入れると、嬉しそうに両手を広げた。

「なんか、すっげ久し振り。会いたかった」

ベッドに腰掛ける熊岡の肩を引き寄せて、その胸に抱き込もうとしているのは分かったが、素直にその中に転がり込む事などとても出来ない。

「触るな！」

佐倉井の手を弾き飛ばすと、ようやく深刻そうな目をする。

「……どうしたの、ほんと。何かあった？」

——何かあったか、だと？

冷静にふるまいたい、と思っているのに、どうしてこの男はこんなに能天気なのだろう。少しくらい佐倉井も動揺したり、苦しんだりすればいいと思いつつ、なるだけゆっくりと口を開く。

「さっきの話、聞いた」

「話？」

声を震えさせないようにするだけでも一苦労だ。感情だけで突っ走ってしまう前にと、熊岡は続ける。

「内野と話していただろう」

「そうなの？　声掛けてくれたらよかったのに」

「学校って、なんだ」

ようやく佐倉井の目をまっすぐに見つめると、佐倉井は少しも悪びれずに笑った。

「俺さ、……カフェの仕事面白いなっていうようになって。この際、ちゃんと料理の勉強しようかなーなんて思ったんだよね」

軽い口調で語りながら頭をかく佐倉井は、少しだけ言葉に詰まったが、まったく慌てる様子も怯む様子もない。まるで当たり前の事を当たり前に話しているような、そんな姿で、追及する熊岡の方がやはり怯んでしまった。

「調理師学校へ入ったのか」

「そう。夜間だからカフェも辞《や》めなくて済むし、まあ、ちょっと時間の都合で早く上がらせてもらったりしてるから、店長とか皆に迷惑はかけてるかな」

調理師学校の事はよく知らないが、仕事の後に勉強をするというのは、そう楽な事ではないだろう。忙しそうなのも、疲れているようだったのも、そのせいなのかとどこか他人事のように遠く思う。

「もう二十五だしさ、遅いのは分かってるけど」

どこか照れくさそうに笑う佐倉井は何か伝えたげに熊岡の顔を覗き込んでいる。

「このままじゃダメな事も分かってたし」

――でも俺には話さなかった。

「俺は……聞いていない」

仮にも、一緒に暮らす恋人のはずだ。

無理やりの形で始めた同居だけれど、想いが通じてからは上手くやっていると思っていた。

仕事の後に学校に行くなど、生活サイクルが大きく変わる重大な事なのに、佐倉井は熊岡に話さなかったのだ。その理由はなんなのか、聞きたいけれど、怖い気もする。

やはり見つめていられなくて、佐倉井から目を逸らせた。

「それは……ごめん。なんかタイミング合わなくてさ。ほら、圭さんも忙しかったじゃん？　映画の仕事始まった時とかぶったし」

佐倉井の口調は、あくまで軽かった。まるで重大でない事でも語るように、さっきから始終軽い。

元々そういう喋《しゃべ》り方をするのだけれど、それが今は熊岡の心を傷つけていく。

「なんだ、俺のせいか？」

「いやそうじゃなくて。あんま俺の事で仕事の邪魔するのも嫌だったし」

「邪魔なんて誰が言った！」

思わず声を荒げて慌てて顔をそむける。このまま爆発してしまえば、何を口走るか分からない。

「圭さん、ごめん。そんなに気にすると思わなくて」

そんな訳がない。どうして気にしてないと思われるのだろう。恋人で一緒に暮らしているというのに、相手の変化をまるで気にしない男だとでも思われているのか。

熊岡は拳を握り締め、同時に寒々しい仮説に気付く。

――相手の変化を気にしないのは、佐倉井の方じゃないのか？

そうだとすれば説明がつく。

自分が気にならない事は他人が気にしているとは思わないだろう。つまりこれは熊岡が前々から感じていた寂しさの証明にも思えた。

――俺ばっかりが、好きなんだ……。

頭を強く殴られるような衝撃に言葉を失う熊岡に心配そうな佐倉井が声を掛けてくるが、頭に入らない。

「落ち着いたらちゃんと言うつもりだったんだ」

佐倉井の声はするすると耳を通り抜けていく。

内野が知らなければそれでもよかった。でも。

「――アイツは知っていた」

ようよう絞り出した言葉はさざ波程だっただろうに、佐倉井はそれを拾い上げる。

「あいつ……内野さん？　それは、学校の相談したからだよ。内野さんそういう事詳しくて」

もう、限界だった。

「結局、お前はそうなんだな。お前にとって相談する相手も未来を語る相手もアイツで、今を分かち合うのも全部アイツなんだ！」

佐倉井が重大な決意をする時、側にいるのは内野で、その力になれるのも内野なら、それを見届けるのも内野なのだ。

それに比べて自分は佐倉井のやりたい事も、先の事も、何も知らなかった。目の前の仕事に必死で、佐倉井に力を貰って乗り越えたのに、佐倉井には何もしてやれない。

プレゼントの時計一つ受け取ってもらえないで恋人などと言えるのだろうか。

「お前には、内野がいればいいんだ」

口にしてからすぐに悔いるほど、苦い言葉だった。

佐倉井はようやくその顔色を変えたように思うが、熊岡ももう引けない。

「ちょ、何言ってんの。そんなんじゃないでしょ？」

「どうせ会えない事が辛かったのも俺だけなんだろう、お前はアイツと忙しくしててそれどころじゃなかっただろうしな！」

自分の言葉に煽《あお》られるように感情が高ぶっていく。もう冷静でなどいられなかった。

「圭、さん！」

「お前にとってはたいした事じゃないんだ、会えないのも声が聞けないのも！」

「本気でそんな事言ってるの？」

佐倉井は眉を顰めて沈んだ声を出したが、必死に取り繕《つくろ》うような様子も見せない。その平静さに、ますます血が沸くような気がした。

「忙しくてすれ違うようになるなって俺が言っても、お前は、あっさり頑張れって言ったじゃないか。平気なんだろ？　俺から会いに行っても会えないし、電話しても出ないし、こういうのも俺が一人で馬鹿みたいにあがいてただけだったんだな！」

佐倉井からはあまり連絡がなかった。メールは時々あったが、それだけだった。ロケの時の電話は珍しいくらいだったのだ。それも、あのタイミングを思えば、矢吹辺りが「熊岡さんが煮詰まってるから電話してやって」などと連絡したのかもしれないとまで思えてくる。

「俺は」

ずっと胸の奥にあった重苦しい澱があふれ出てくる。こんな情けない事は誰にも聞かせないつもりだったのに、自分の弱さが堰《せき》を切ったように流れ出てくる。言ったら負けだと思っているのに、耐えきれなくなる。

「俺は！」

佐倉井は眉を顰めながら熊岡を静かに見つめていた。顔なんか見られたくなくて、佐倉井に向けて毛布を投げつけると佐倉井はそれをまともに顔に受け、それをいい事にそっと呟く。

「俺は――寂しかった」

聞こえていなければいいと思う反面で、聞いて欲しいとも思った。

自分の佐倉井への執着が異常だという自覚はあるけれど、佐倉井にも同じように自分に執着して欲しい。それは再会してからずっと熊岡を縛りつけてきた呪《のろ》いのようなものだった。目の前でセックスをさせるという異様な状況を作ったのもその為で、それでも佐倉井は熊岡の執着ごと受け入れてくれたのだと思ったのだ。

――それが、好きって事だろう？

同じものを返せと要求する事など、傲慢《ごうまん》なのだろう。理性では理解出来るが、感情がそれを許さない。演じる役のように、相手を尊重していつくしむような綺麗な恋愛が出来ればよかったのにと情けなくなる。それでもあふれ出す言葉は止まらなかった。

「お前は俺じゃなくても、いいいん――」

「ああ、もう！」

黙って熊岡の話を聞いていた佐倉井が、不意に自分にかかっていた毛布をはぎ取ると、苛立たしげに床へと投げつける。

「黙って聞いてれば、ちょっと酷いんじゃないの、圭さん」

「何がだ！　俺は本当の事しか言っていない」

「ふざけんなよ。誰が平気だって？　忙しくなるってそんなの大事な仕事なんだから仕方ないじゃん！　ガキみたいに駄々こねて仕事行かないでとか言った方がよかった⁉」

「そうじゃな――っ」

佐倉井は大股でベッドへと歩み寄ると、腰掛けたままの熊岡の腕を摑んだ。大きな手に引かれて力任せに立たされる。鍛えているのは熊岡の方だとは思うが、引き寄せる佐倉井の力には逆らえなかった。

「圭さんがどんだけマジで仕事してるか知ってるのに邪魔出来る訳ねーし、だいたい、俺が寂しくなかったとでも思ってんの？」

数センチの身長差では視線の高さもあまり変わらない。正面から鋭い視線で見据《みす》えられて、熊岡は声を失った。こんなに怒っている佐倉井を見たのは初めてだったからだ。

「でも」

「でもじゃねえよ！　確かに学校の事話さなかったのは悪かったよ、ごめん。後回しにしたんじゃなくて、ちゃんと話したかっただけなんだ。電話とかメールで簡単に済ましたくなかった」

佐倉井の手が、腕を伝いあがって肩にかかり、そのまま両手で頰を包まれる。大きな手は熱くて、佐倉井も体中の血が沸きあがっているのかもしれない。

近すぎる距離に怯んで佐倉井の胸を押しのけようとしたが、びくりとも動かない。息がかかりそうな近さで目を覗き込まれて、このままキスでもされれば流されて曖昧《あいまい》になりそうで、慌てて顔をそむける。

佐倉井はそんな熊岡の全てをじっと見つめながら、静かに話し始める。

「俺、今まで色んな事適当にやってきたんだ。特にがむしゃらになる事もなかったし、学校とか勉強とかも適当にやってても大丈夫だったし」

それでもなんとかなる辺りは佐倉井の生まれ持った才能だったのだろう。そんな事はもう知っているのに、今さら何を語り出したのかと熊岡は顔をそむけたままで耳を澄ませた。

「そんなんじゃダメだって言ってくれる人もいたけど、俺はなんとかなるって思ってたし。でも、そんなんじゃダメだって分かって今必死なんだ」

駄目だと言っていたのはきっと内野だろう。そんな絆《きずな》のようなものを聞かされるくらいならもう話などしたくないと、抗議の意味を込めて視線を佐倉井に戻し、熊岡は息を吞んだ。

まっすぐに見つめてくる佐倉井は見たこともないほどに真剣な目をしていたからだ。それに見惚《みほ》れそうになるうちに、佐倉井は続ける。

「俺、無理とは分かってるけど、対等になりたくて、圭さんに対して恥ずかしくない男になりたくて、超格好悪いくらい必死なんだ」

——俺に対して恥ずかしくない男に？

佐倉井の言葉の意味を咀嚼《そしゃく》するように何度も頭で繰り返してから、熊岡はうわ言のように呟く。

「俺は別に、お前を恥ずかしいなんて思ってない」

「違う、恥ずかしいのは俺。何もない、誇れるもんもないそんな俺があんたの側にいるのが恥ずかしいって事」

そんな風に佐倉井が思ってくれているなどとは、思いもしなかった。対等になりたい、ということは時計の時に聞いた事だが、その為にどうするのかまでは熊岡は考えてもいなかったのだ。けれど、佐倉井はもう動いているのだ。

——俺は、気付かなかった。

その事において、佐倉井の方が明らかに真剣だったのだ。熊岡が底なしの沼にはまるようにその場でとどまっている間に、佐倉井は前を向いて歩き出していたのだ。自分の事ばかり考えてぐるぐるしていた事が、急激に恥ずかしくなってくる。

「——だから、必死で、学校行っている、のか？」

「それも違うよ」

佐倉井は怒りの浮かんでいた目をそっと伏せてから、嘘のように優しく微笑む。

「俺、必死で我慢してんだ、駄々こねるの」

「何」

　ついさっき、駄々をこねるなんて出来ないと言った口で何を言うのか。熊岡は反論しようと口を開いたが、佐倉井の方が早かった。

「本当は、すごい寂しいし、本当はずっと一緒にいたいよ。圭さんの顔はテレビとか雑誌とかで結構見ること出来るけど、やっぱそれじゃ全然足りないし。早く帰ってってうざい電話もしたいけど、そんなん出来ねえじゃん」

　佐倉井は熊岡の頬を包んでいた手を離すと、どかりと床に座り込む。それに合わせるように熊岡もその前に腰を下ろした。さっきまでの激情は嘘のようにおさまりつつある。

　今は佐倉井の話を聞こうと思った。それに気付いたのか、佐倉井の口調も少し穏《おだ》やかになった。

「俺ダメなんだよね、なんか圭さんの事だと色々我慢出来なくなるから。油断すると、ほんと離れられなくなる。こんなの初めてなんだけど」

　最後の方はぼやくようにこぼした佐倉井は、微かに笑った後、真摯《しんし》な目で熊岡を見た。

「仕事の時の『熊岡圭』は誰のものでもないけど、本当は俺のものなんだって言いふらしたくもなるよ、圭さん格好いいし。でも、そんな事じゃダメなんだ。俺自身が変わるって決めたんだから」

　これは誰だろう。こんなに真剣に、熱く、全身で熊岡圭が大事なのだと語るこの男は、熊岡の知る佐倉井幸太だろうか。いつの間に、こんな大人びて男っぽい顔をするようになったのか。

「内野さんには変わったって褒《ほ》められたんだ」

ここで内野の名を出す辺りは、能天気なままの佐倉井そのままだが。

「……内野の事はもう言うな」

せっかく解けかけた怒りがもう一度湧き上がりそうなのを堪えて呟いた熊岡に、佐倉井は思いもしない答えを返す。

「圭さん、ごめんね。俺、実はけっこう内野さんに妬いてるとこ見るの好きなんだ。なんか俺の事すげえ好きって分かるから」

性格悪いな俺、とこぼしながら佐倉井は人の悪い笑みを浮かべる。まさか、事あるごとに内野の名を出すのは佐倉井の作戦だとでもいうのだろうか。その作戦に、自分はまんまと乗って怒りまくってしまったという事なのだろうか。

そう思えば思う程に、やはり怒りが湧き上がってきた。

「そんな事しなくても、ちゃんと、分かる、だろうが！」

「いいや、めっちゃ分かり辛いから」

それは絶対に佐倉井が鈍いだけだろうと、熊岡は呆れ混じりの溜息を落とした。こんなにぐるぐると佐倉井の事ばかり考えて悩んでいるのに、分かり辛いとは心外だ。

「そんなはずがない」

「だって好きってのもめったに言ってくれないし。俺なんかめっちゃ分かりやすいでしょ？」

「はあ？　分からないだろ！　お前は誰にでもへらへらするし、いつでも楽しそうなくせに」

「へらへらって。だいたいね、俺だって言わせてもらうと死ぬほど妬いてるんだからね？」

「何にだ」

首を傾げる熊岡に、佐倉井はびしっと人差し指を立てると舌打ちでもしそうな勢いで口を開く。

「豊中だよ、豊中。圭さん、俺と内野さんの事はうるさく言うくせに、自分があいつの前だと気が緩んでるの気付いてないいんだよね、ほんと理不尽《りふじん》」

確かに豊中とは長い付き合いだし、過去に色々あったとはいえ、他の俳優仲間達よりは気心が知れている。同年代の中では浮いてしまいがちな熊岡をいつも気遣《きづか》ってくれる豊中に頼っているのも本当だ。

だから佐倉井は豊中を好んでいないのは知っていたが、今回のロケでも何も言わなかったからもう気にならなくなったのかと思っていたのに。

「だって、何も言わなかったじゃないか。だから、もう平気なのかと」

「まさか。すっげ我慢してただけだよ。嫌に決まってるじゃん、元カレと泊まりなんてさ」

「仕事だ」

「分かってます、だから我慢したのに。アイツに何もされなかった？」

「馬鹿言うな」

仕事はしたがそれ以外に何があるというのか。仕事の話と、そりゃあ一般的な会話や付き合いはしたが。

——そういえば。

「あ」

「あ!?　何か思い当たる事でもあったわけ？」

「いや、俺が変わったたって言われた」

撮影でセリフを飛ばした熊岡が悔しさを口にした時に豊中にそう言われた。

あの時、佐倉井が大事なのだと心に沁《し》み入るように感じたのだ。佐倉井の影響で自分が変わったのは確かで、それが良い変化なのだと知った。確かにそう思ったのに、その大事な事を忘れて嫉妬《しっと》ばかりしてしまった自分に少しばかり失望する。

佐倉井は、熊岡の言葉を口の中で繰り返してから、目の端を緩ませる。

「ねえ、圭さん。それって俺のせいって思っていい？」

「そうに決まっているだろ」

「っ、あんた無意識で殺し文句言うのやめて？　心臓もたないし」

「なんだそれ」

そんなつもりはまるでないのに、そんな事を言われると熊岡も気恥ずかしくなってくる。佐倉井は何かまぶしそうに目を細めると、熊岡の手を取ってそっと指に唇を落とした。

「俺ばっか必死であんたを好きで、俺ばっかあんたの影響受けてんのかと思ってたけど。違ったら嬉しい」

その佐倉井の言葉に、熊岡は息を呑んだ。

それは熊岡がずっと思い悩んでいた事そのものだったからだ。

――佐倉井も、同じような悩みの中にいたって事だろうか？

自分ばかりが相手を好きで、自分ばかりが変わっていくのだと本気で二人して思っていたのだとしたら。

――なんてことだ。

お互いにお互いの唯一になりたくて必死だったなんて。

「それは、俺のセリフだろう」

「何言ってんだか。どう考えても俺ばっか圭さんを好きじゃん」

佐倉井が拗ねたようにそう口にするのを聞きながら、どうしても笑いが殺せなくなる。まるで馬鹿みたいだと思った。同じ悩みを抱えていたのに、同じように口にも出せずにいたなど、道化にも程がある。けれど、それがどうしようもなく嬉しく、甘く痺れるような幸福感を生んだ。

「圭さん、何笑ってんの。俺はまだ許してないよ？　俺が圭さんを好きじゃないなんて、二度と言えないようにしてあげるから」

さっきまで子供のように拗ねていたくせに、今は欲望を抱えた雄《おす》の目で、佐倉井は薄く笑っている。

その妖しい光にぞくりと身を震わせながら、熊岡はわざと顔をそむけてみせる。

「出来るものなら、してみればいい」

その顔を乱暴に摑まれ正面から見据えられたかと思うと、勢いまかせのように唇をふさがれる。

「んっ」

柔らかさの欠片もない力ずくのキスは、それでも酷く甘かった。

前触れもなく唇を開かされ、熱の塊《かたまり》が口内を暴《あば》いていく。上顎を舐《な》められ震えた隙に舌を軽く噛まれたかと思うと、すぐに優しくいたわるように佐倉井の舌が絡む。

「つふ、んっ」

翻弄《ほんろう》されてお返しの一つも出来ないどころか、気付けばそのまま床に倒されているのは少し情けない。押し倒された事にも気付かぬ程に佐倉井の熱に夢中だったかと思うと、羞恥で顔が熱かった。

「煽ったのはあんたなんだから、覚悟してよ？」

見下ろしてくる佐倉井は不敵に笑う。その表情に見惚れながら、熊岡はそっと目を閉じた。

ベッドまではすぐなのに。

フローリングにラグを敷いただけの床から動く余裕もない。

何度も口内を貪《むさぼ》られてくらくらする頭でぼんやりとそんな事を考えると、咎《とが》める声が耳元で囁く。

「まだ考え事する余裕あるんだ？」

「そんなこと――っぁ」

耳朶をキスで揺らしたはずの唇が、いたずら気に首筋を這《は》い始める。柔らかく啄《ついば》まれ背中を震わせると、なんの遮蔽《しゃへい》もない口から隠さない声がこぼれて、熊岡は慌てて口を手でふさいだ。

「ああっ」

「ここ、弱いよね、圭さん」

微かに笑った佐倉井は、ここぞとばかりに熊岡の首筋に舌を這わせ、濡れた音を立てた。筋に沿うように下から上へと舐めあげられ、ふさいでいるはずの口から悲鳴混じりの声が漏れる。

「やっ、め」

「やめない」

そう囁く声の息が肌に触れるだけで、全身が粟立《あわだ》ちそうになる。こんな風に触れ合うのが久し振りだという事もあるだろうが、それとは別に今夜の佐倉井はいつもとどこか違うように思えた。

「ぁ、ぁ」

ふさいだ手の中で必死に声を殺すが、その我慢のせいで余計に身体が過敏になってしまっているような感覚にとらわれそうになって、熊岡はたまらず首を振った。

「首、も、やめろ」

それでも佐倉井は離れる様子もなく、代わりとでも言うように今度は軽く歯を立ててくる。

「あっ」

「ごめん、痛い？」

「そうじゃ、ないけど」

「じゃ、イイんだ？」

首を嚙まれてイイ、など言えるはずもない。熊岡は大きく首を振ったがもはや手遅れだったらしい。佐倉井が息を荒くしてまた歯を立ててきたからだ。

「んっ、や」

「やっぱイイんじゃん？　本当、首弱いよね、圭さん。可愛い」

「んっー」

否定の意味で首を振るが佐倉井は気をよくしたのか、余計にしつこく首を嬲《なぶ》るだけだった。耳の下から何度も肌を啄んでは、歯を立て舌先でそこを舐める。その度に声を嚙み殺す事にだけ集中した熊岡は他の変化にまで気が回らなかった。気付けばシャツの前を全て開かれていたのは、どういう手管《てくだ》によるのだろうか。

冷やりとした外気にさらされて、素肌がわななく。同時にまた喉ぼとけの近くを啄まれてもう耐えきれなくなった。口をふさいでいた両手で佐倉井の頭を摑むと、首から引きはがそうと頑張るが、佐倉井も意地になっているように離れない。

「離せ、もう、首はいいっ」

「やだね、言ったじゃん、覚悟してって」

そう言い放つと、佐倉井は首と肩の付け根あたりを強く吸った。

「覚悟って——あ、っふ、あ！」

佐倉井の頭を引きはがそうとしていた両手が口をふさげないせいで、声も殺せなかった。引きはがそうとしたはずなのに、逆に佐倉井の頭にしがみついてしまう。

「や、吸うなっ」

「ごめん、つい我慢出来なくて。圭さん、明日は朝から？」

急に現実に戻るような言葉を突きつけられて一瞬呆然としながらも、小さく首を横に振る。

「午後からだ」

「そっか。でも、まだ撮影中なんだし、キスマークとかヤバいか」

「そう、だな」

ぼやくように呟いた佐倉井はようやく熊岡の首から顔をあげると、残念そうに口の端だけで笑う。

「本当は全身につけたいくらいだけど」

その男っぽい表情に、背中がぞくりと震えた。大勢の人前に出る仕事がら、少しの隙も見せるわけにはいかない。小さな綻《ほころ》びがどれだけ大きな穴になるかという事くらい、今までの経験上分かっている。芸能界にいるという事は、そういう事だ。

けれど、佐倉井の欲望通りに染まるという想像は、驚く程の甘美さで熊岡をとらえた。

——全身、痕《あと》だらけにされたら。

佐倉井がそんなに自分に執着しているという痕を残してくれたなら。それは甘い誘惑だった。その妄想に思考を持っていかれていたからかもしれない。不用意な一言を放ってしまったのは。

「見えない所なら、いい、ぞ」

瞬間、佐倉井は大きく目を見開き、それから獣のように低い声で唸った。

「またそうやって煽る」

そんなつもりはない、と言う間もなかった。佐倉井は熊岡のシャツを乱暴にはだけさせると、性急に唇を落とし始める。

「んっ」

「見えない所って、ここ？」

心臓の上辺りを強く吸われる。きっと赤黒い痕はついただろう。見えない所ならいいと言ってしまったものの、着替え時などに肌をさらす事はあるわけで、上半身など「見えない所」にはならない。

「だ、めだ、んっ」

佐倉井の暴走を止めたいけれど、痕をつけられたすぐ隣を吸われて、もう言葉にならなかった。

「圭さん、ここも好きになったよね。すぐ立つし」

本来ならなんの役にも立たないような場所だ。そんな所で感じているなど羞恥以外のなんでもないというのに、佐倉井は容赦してはくれない。

「や、あぁ、やめろ、って言……」

制止の言葉を口にすればするほど、佐倉井の唇は遠慮なく熊岡の上半身を這い回った。

体を重ねる事など、もう何度目か分からないが、こんなにしつこいのは初めてだ。そしてそれは、まだ終わりそうもない。佐倉井の手がパンツにかかったかと思うとそのまま下着ごとずり下ろされる。

「ちょっ、急にっ」

「ね、見えない所って、ここもだよね？」

熊岡の声など聞こえないのか、佐倉井はそのまま太ももの付け根に口づけた。下着もずらされ空気にさらされたそれが震えるのが自分でも分かる。

「っ……ぁ」

佐倉井のキスは太ももの付け根から少しずつ降りていく。太ももを吸い、膝を舐められふくらはぎに歯を立てられた。けれど、一番触れて欲しい場所には指一本触れやしない。

「んっ、さくら、い、いい加減に」

耐えきれず羞恥を振り切って囁いた熊岡に、佐倉井は爽やかな笑みを見せると、その爽やかさには似つかわしくない難題を熊岡に突きつける。

「いい加減に？　何？」

「っ、分かるだろう！」

「分かんないな。圭さん。いい加減に、何？」

抱えていた足を下ろした佐倉井は熊岡の顎に指を当て、唇を指でなぞった。

「ほら、ちゃんと言って？」

「お前っ、調子に乗っててっ」

「ごめんね、俺、今日優しく出来ないかも」

謝罪の言葉など口先だけだろう。佐倉井の指は熊岡の口を割って無理やり開かせにかかっているからだ。

「う、ぅ」

「いい加減、どうして欲しいって？」

「あ、ぁ」

「圭さん」

どうしても許してくれる気はないらしい。熊岡も覚悟を決めて、強く目を閉じた。

「いい加減に、さ、触れ」

「どこを？」

「っ！　まだ、言うか！」

触る事を懇願しただけでも限界だというのに、佐倉井は鬼なのだろうか。熊岡はおとなしく床に押さえ込まれていた体勢から飛び起きると、佐倉井を跳ね退ける。

「お前っ、調子に乗りやがって」

突然の反撃に目を丸くした佐倉井を睨みつけてやると、少しばかり元気なくうなだれた。

「ごめん。だって圭さんが可愛いから」

「そ、そんな理由があるか！」

「あるよ。好きなんだししょうがないでしょ？」

悪びれずに微笑んだ佐倉井は熊岡の肩に手を回して、優しいキスをしてくる。

――甘え方も上手いんだ、こいつは。

惚れた方が負けというのは、いつの時代も変わらない法則なのだろう。しかし、負けたままというのもしゃくだ。

熊岡はまだシャツのボタン一つ外していない佐倉井のシャツを乱暴にはだけさせると、思いきりその肌を吸い上げてやる。

「えっ、何、急に」

ベッドではどうしても佐倉井が優位に立つので、こんな風に取り乱しているのは、珍しい。その事に気をよくして、熊岡はもう一か所、と首筋に吸いついた。

硬い筋肉質の肌には痕がつき辛い。それでもしつこく吸い上げているうちに、その場所にははっきりと赤黒い花が咲いた。シャツのボタンを一番上まできっちり留めれば見えない場所だ。それでも、少しだけこれが佐倉井の周りを牽制《けんせい》する役目を果たせばいいと思う。

「圭さん、どうしたの」

「黙れ」

抵抗の言葉を口にされる前にと、熊岡は佐倉井のジーンズに手を伸ばし、そのボタンを弾いた。

「えっ、ちょっ」

佐倉井の手が伸びてくる前に下着の中に指を忍ばせると、熱い塊が窮屈《きゅうくつ》そうに脈打っている。

「け、いさん？」

「たまにはいいだろう」

それに指を添えたままで、熊岡は身を屈《かが》める。何をされるのか気付いたのだろう佐倉井が、また慌てたように上ずった声をあげる。

「ちょ、圭さん、え、ええ？」

した事はない。されるのもあまり好きじゃないのだが、佐倉井がしてくれる時には涙が出そうなほどに快楽に震えた事を思って、思いきって顔を寄せる。

下着から取り出した見慣れた存在のそれに、そっと舌を這わせると、頭上で佐倉井の悲鳴混じりの声が聞こえた。

「うそ、嘘だろ⁉　こんな、っ」

自分は俺の事を好き放題にするくせに、と少しばかり面白くなる。

根元から少しずつ舐めあげる度に、それはわななくように震えて、熊岡はそれが嬉しかった。

「っは、圭さん、こんなこと、しなくてもいい、のに」

「俺がしたいんだ」

佐倉井が喜んでくれるのなら、問題はないはずだ。もちろん、羞恥で体中が熱いが、それも佐倉井の切なげな声を聞くと忘れていく。

「っふ、ぅ」

出来る限り丹念《たんねん》に舌を這わせて根元に指をかける。そっと上下にさすると、佐倉井の手が頭にかかった。

「圭、さん、もう、いいから」

荒い息を吐きながら佐倉井は熊岡をそこから引きはがそうと頑張るが、まだ離れてやる気がない。むきになって先端から咥《くわ》え込むと、引きはがそうとしていたはずの佐倉井の手は麻痺《まひ》でもしたかのように熊岡の髪に指を絡めたままで動きを止めた。

「う、ぁ」

「ん、っ」

口内が、熱い。

指でかき回された時よりも、舌を吸われた時よりも、熱い。

油断するとすぐに押し戻されそうなほどに質量を増したそれを咥えたままでそっと舌を這わすと、それはますます質量を増した。

「まじ、かよ、熊岡圭に、俺、こんな事させて」

うわ事のような独り言は気に入らなかったが、熊岡ももうそれどころではなくなっていた。

口内を埋め尽くすそれを吐き出さないように少しずつ舐める。

濡れた音が卑猥《ひわい》で、自分が今何をしているのかを思い知らされるが、聴覚を刺激するその音すら快楽を煽った。

しばらく頑張って口内の愛撫《あいぶ》を続けたが、息苦しくなって熊岡は一度顔をあげた。見降ろしてくる佐倉井の目が欲望に染まって妖しく揺れている。

「圭さん、大丈夫？」

「当然だ」

「もう、いいよ？」

そう言われても、熊岡はまだ引く気はない。もっと佐倉井の欲情に濡れた目が見たいと思う。もう一度、と顔を寄せた熊岡の頭に触れた佐倉井の指は「もういい」などと言った割に引きはがす様子もなく、もどかしげに髪を撫でてただけだった。

もどかしいのは、熊岡も同じだった。

まさかと思ったのだが、佐倉井を愛撫している間にも体中の熱は上がる一方で、舌先で浮いた血管をなぞった時にはぞくりと背中が粟立った。

——こんな事して、感じるなんて……。

今までのセックスは快楽を与えられるものだった。佐倉井はこんな所まで自分を変えてしまうのかと、恐怖にも似た震えが走る。それは脳内を痺れさせて、まるで媚薬《びやく》のように熊岡の体をわななかせた。

「圭さん、ほんと、もう、いいから」

ようやく、熊岡の頭を引きはがす事に成功した佐倉井は、何故か泣きそうな程で、それが熊岡には不満だった。

「良く、なかったか？」

初めてとはいえ、精一杯やったつもりだったのだが。唇を噛むと、佐倉井は、

「ああもうほんと、酷い人だな」

乱暴に自分の髪をかき乱すと、乱暴な程強引に熊岡の顎を引き寄せた。

「良くないわけないでしょ、どうなるかと思ったよ、良すぎて」

「だったら」

「でも、こっからは俺の番」

佐倉井は不敵に笑うと、そのまま噛みつくようなキスで熊岡の反論も抵抗も奪ってしまう。

熊岡は観念して佐倉井の背中に手を回して目を閉じた。

深いキスの合間、佐倉井の手は熊岡の下半身をまさぐると、触れられるのを待っていた場所にようやく触れた。

もう痛い程に反応していたそれに指が触れただけで、全身を愛撫されたような快楽が走って、喉が詰まった。

「んっ、ん！」

「すげっ、圭さん、どうしたの、こんなに濡らして」

先端からの滴《したた》りを親指の腹で拭《ぬぐ》われて、また震えた。

「ああっ――っ！」

「俺の舐めながら、こんなにしてたんだ？」

「っ」

そうじゃない、とはもう言えない。

今にも弾けそうな快楽を堪えるために、佐倉井の首にすがりつくと、息を呑まれるのが分かった。

「圭、さんっ」

そのままゆるゆると扱《しご》かれて待ちわびた快楽に頭の奥からじわじわと白く染まっていくような錯覚にかられる。

「あっ、も、早くっ」

熊岡の言葉に煽られるように佐倉井の指は淫《みだ》らな水音を立てながら熊岡を追いつめていく。限界が来たのはすぐだった。

「い、や、もう、駄っ――」

「っ！」

そのまま佐倉井の手に欲望を吐き出しながら、快楽の余韻《よいん》を誤魔化す為に、ますます強く佐倉井を抱きしめた。

「け、圭さん、くるし、苦しい」

「あ、悪い」

鍛えているだけに、力任せに首にしがみつくと、流石に佐倉井でも耐えきれないらしい。こんな時に色っぽい空気すら作れないのかと、気持ちが沈みそうになった熊岡に今度は佐倉井が抱きついてくる。

「も、すっごい好き、圭さん、イイ？」

こんなストレートに告白されてＮＯと言えるとでも思っているのだろうか。熊岡は憮然としたままでそっと頷いた。

佐倉井は熊岡を抱き寄せたままで、濡れた手をそっと熊岡の後ろに回す。座って抱き合ったまま、という体勢では目当ての場所にすぐたどり着けず、けれど、そのもどかしさがまた熊岡を煽った。

「んんっ」

「圭さん、ちょっとだけ横になって」

ここまで来ればもう抗うのも馬鹿らしい。素直に熊岡が従って身を倒すうちに、佐倉井は寝室からローションを取ってきたらしい。うつ伏せになった熊岡の腰を抱いて、丹念にそこをほぐした。

「きついね、やっぱあいつと何もなかったんだ」

「……何っ？」

「圭さんのココに触れるの、もう俺だけだから」

「そんなの」

当たり前だ——。

わざわざそんな事言ってやらないが。

佐倉井の指は器用に体内にもぐり込むと、ゆっくりと中を撫で回す。ぐちゅ、と湿った音でかき回されるだけで、この先訪れる快楽を思い出して、知らず震えた。

「っふ、ぅ」

内壁《ないへき》を撫でられ、かかれると勝手に腰が揺れた。

「圭さん、エロい」

「知る、か」

佐倉井は荒い息をこぼすと、耐えきれないように首を横に振った。

「駄目だ、もう」

言ったかと思うと、細く長い指が引き抜かれ、代わりに比べようもない異物感が襲ってくる。

「あっ、あ！」

「ごめん、も、我慢出来な、い」

息を切らした佐倉井は、熊岡の呼吸に合わせるように少しずつ腰を進める。

「キツっ……すげ、イイ」

こんな体のどこがいいのか、と思うがそれでも佐倉井が甘い声をこぼすのが嬉しかった。

そろりそろりと動く度佐倉井の息が乱れ、それにつられるように熊岡も息を乱す。

「っ、ぅ」

「あ、ん、ァ」

床に突いた膝が痛いけれど、それすら快楽に変わっていくのは、自分がおかしいからだろうかと思う。今は佐倉井に与えられるもの全てが快楽へと変わるのだ。

「さくら、い、さくら」

「つっ、ねえ圭さん、ちょっと起きようか」

「え」

熊岡の体を貫いていたものが急に引き抜かれたかと思うと、肩を摑まれ起こされる。佐倉井はそのまま胡坐《あぐら》をかいて、熊岡をその上に座らせた。

「今日は、これ、いい？」

佐倉井と向かい合う形で抱き合って座る。対面座位はした事がない。こんな大男が上に乗って大丈夫なのかと、慌てて首を振る。

「無理だろう」

「大丈夫、俺も鍛えてるからさ」

問答無用、とでも言うように引き寄せられ、そろりそろりと佐倉井の上に腰を落とす。自分の重さも加わって沈み込む腰はより深くまで佐倉井を受け入れていた。

「深っ、奥まで、入っ」

「ああ、圭さん、こんな近くで顔見える」

「っ、見るな！」

そむけた顔はすぐにとらえられ、真正面から佐倉井を見据える形になった。欲望を隠さない目で全身を見つめられ、羞恥に震えた。

「圭さんのエロい顔、もっと見せて」

「嫌、だ」

「我慢してる顔が一番好きなんだけどね」

「なっ」

「ああ、もう、俺、無理」

佐倉井は奪うようなキスで熊岡の口をふさぐと、性急に腰を突き上げ始めた。奥まで貫かれた体をさらに突き上げられ、こぼれる悲鳴は全て佐倉井の口内に消えていく。キスをしながら穿《うが》たれるのが、こんなにも心地良いなど、知らなかった。一度果てたはずの欲望がすぐに首をもたげ、佐倉井の腹に擦りつけられているから尚更《なおさら》に。

「ん、んっ、んーっ」

体を支配していく快楽に浮かされて、もう声など殺せなくなった。キスを終えて佐倉井の唇が離れた途端に、喉から声があふれ出る。

「ああ、佐倉井、さくら、いぃっ」

背中にしがみついてそれでも足りない快楽のぶつけ先にと爪を立てる。

「圭さん、これ、ヤバい、顔、声が、近すぎるっ」

息を荒げながら佐倉井が悲鳴混じりでこぼした言葉にもう頷く余裕もなかった。

「さく、らい、また、イっ」

「圭さん、もうそろそろ名前で呼んで？」

「んっ、ん……ぇ？」

突きあげる腰を一度止めて、佐倉井は汗で濡れた熊岡の前髪を指先で払った。

「な、に？」

「だから、名前で呼んで？　圭さん、あいつの事は名前で呼ぶくせに、俺の事はずっと苗字《みょうじ》だし」

あいつ、が誰の事なのか、頭がぼんやりとしているからよく分からない。それでも、佐倉井が拗ねたような目をしている事だけは分かった。元々、なんとなくタイミングを逃しただけで、名前を呼ばなかった理由はないのだ。

それでも、急に名で呼ぶのは妙な気恥ずかしさがある。

「まさか、知らないとか言わないよね？」

そんなわけがない。いい名だと思う。

「幸……ああっ」

呼びかけた所で不意に止まっていた佐倉井が動き始める。滞っていた快楽が途端に全身を苛《さいな》み始め、また佐倉井にしがみつく事に集中しなければならなくなった。

「早く、呼んで？」

だったら止まれ、と言いたいが、もう止まられるのもきつい。

「こう、た」

「ぁぁ、圭さん……っ、もっと、呼んで」

「幸太、こうた」

「圭さん、ごめんっ」

叫んだ佐倉井はおもむろに熊岡を仰向《あおむ》けに床に押し倒して足を抱えたかと思うと、そのまま深く穿ち始める。散々快楽を植えつけられた熊岡の体はあっという間に頂点まで導かれ、それは佐倉井も同じ事のようだった。

「もうダメだ、圭さん！」

「つっ、あぁ、こう、たっ」

そのまま弾けた欲望が熊岡の体を白く汚した。荒く息をつきながら、佐倉井が見た事もない程に澄んだ笑みを浮かべる。

「圭さん、名前、嬉しい、ありがと」

そんな事だけで、こんなに喜んでくれるのなら、もっと早く呼んでやるんだったと少しばかりの後悔が走るが、それはすぐにかき消された。佐倉井の言葉によって。

「もう一回、いい？」

質問の形を取っているが、返事を期待していないだろう佐倉井の唇がすぐに降りてきて、また深く貪られる。

そのまま、結局何度も体を許しながら、熊岡はしばらくまた名前を呼んでやらない事を決意するのだった。

香ばしい匂いで目を覚ますと、隣にいるはずの佐倉井の姿はもうなかった。この匂いの元を作っているのだろう。少しばかりの寂しさを感じながらベッドから出てリビングに向かうと、キッチンにいた佐倉井が驚いたように笑う。

「あれ、早いね、もっと寝てたらいいのに。仕事今日は昼からなんでしょ」

「いい、目が覚めた」

「あ、ごめん、うるさかったかな」

「違う。何作ってるんだ？」

キッチンから離れない佐倉井の側に寄って立ちフライパンを覗き込むと、香ばしく色づいたものが見えた。甘い香りに胃が刺激されたのか、小さく音を立てる。そういえば、昨夜はあのまま寝たから何も食べていないのだった。

「どうしてもフレンチトースト食べたくなってさ。圭さんのも作ってあるから、後で温めて食べる？」

「いや、今食べる」

昨夜の佐倉井の暴走を受け止めた体はだるく重かったが、せっかくなので佐倉井と朝食をとりたかったのだ。

「フレンチトーストは焼きたてに限るからな」

「なんて言って俺と食べたかったんでしょ」

「う、るさい」

図星をさされて口ごもると、言い出した佐倉井の方が驚いた表情をした事に納得がいかないが、突っ込んだら負けな気がする。佐倉井から皿を受け取ると、なんでもない顔をして食卓に運んでやった。

「まだあるのか」

「ん、圭さんは休んでて？　体辛いでしょ」

誰のせいだと思っているんだ、と思いつつも言葉に甘えて食卓の椅子に腰掛けて一息つく。すでに卓上にはサラダとスクランブルエッグとソーセージが載ったプレートが置かれていて、これに加えてまだ食べるのか、と少々驚いた。

「お待たせ」

すぐにフレンチトーストを手に佐倉井が食卓に着き、熊岡にしてみれば健全な時間の朝食にありついた。

昨夜はあんなに激しく貪り合ったのに、その数時間後にはまるで嘘のように平和な食事をしている事が、なんだかくすぐったい。

「ドレッシングいる？」

「ああ」

差し出されたドレッシングを受け取った時だった。佐倉井の手首に光るシルバーを見つけて、熊岡は息を呑んだ。

「お前、それ」

「あ、うん」

佐倉井は照れくさそうに頬をかくと、そっと手首につけた腕時計を撫でた。

それは熊岡が佐倉井にと買った、あの時計だった。捨ててもいいと言い捨て、その後は追及しなかったからどうなったのかは知らなかったが、佐倉井は大事に持っていたのだろう。

「持ってたのか」

「当たり前じゃん」

佐倉井はもう一度、丁寧に腕時計のベルトを撫でた。

「これ、ありがとうね。あの時はほんと、ごめん」

喜ばせようと思ったのに困った顔をさせてしまった事や自分が佐倉井をまだまだ分かっていないのだと打ちのめされた事を思い出すと胸がざわついたが、熊岡はそっとそれを奥にしまった。

ただ頷いただけで何も言わない熊岡を見つめながら、佐倉井もそっと続ける。

「あの時はもう、本当に焦《あせ》ってて。してもらうばっかりで俺はなんなんだってさ。色々余裕なかった」

弱気な事ばかり口にするけれど、それを語る佐倉井の目はまっすぐで強く、弱さの一欠片も見えない。

「今は、違うのか？」

つい問うてしまった熊岡に佐倉井は力強い笑みを見せる。

「うん、圭さんが俺をすっげーちゃんと好きなんだって分かったから」

今さら気付いたのかと呆れる熊岡だったが、佐倉井は気にとめる事なく顔の前で両手を組んで、真摯な声で熊岡を呼んだ。

「圭さん」

「何」

「俺さ、学校楽しいんだ。楽で楽しいっていうのじゃなくて、出来なかった事が出来たり、イメージが形になったり知らなかった事を知ることが出来たりするのが楽しい」

「良い傾向じゃないか」

「うん。でさ、馬鹿みたいかもしれないけど、圭さんに約束したい事があって」

佐倉井の真剣な目に負けぬよう、熊岡もまっすぐに見つめ返す。

「これからもっと勉強して修行して、経営の勉強もしないとだけど、それからになるから具体的にいつとは言えないけど」

一度言葉を止めた佐倉井は大きく息を吸ってから口を開いた。

「いつか俺、店持ちたいんだ。その時には最初のお客さんになってくれない？」

きっと再会した頃の佐倉井が口にした言葉なら大それた夢物語だと笑っただろう。けれど、目の前で何か決意したように真剣な佐倉井から語られるこの話を熊岡は絶対に笑わないと思った。

再会した頃は、今がよければそれでいいと言っていた男が未来を見据えて動くようになった、それだけでどれほどの変化なのかは今さら口に出す程でもないだろう。

——やっぱりお前は、格好いいよ。

「そうか。楽しみにしている」

未だ顔の前で両手を組んだままの佐倉井の手に触れ、自分に出来る精一杯の笑みを浮かべてみせた。

「その頃には、俺もオスカーでも取ってないとな」

「うえ、ハードル上げるなあ、圭さん」

真剣な目が不意に緩んで、佐倉井は楽しそうに声をあげて笑う。佐倉井の語った夢がいつか現実に変わる確信に酔いながら、熊岡も小さく声をあげて笑った。

あとがき

はじめまして、高端連《たかはしれん》と申します。この度は拙作を手に取って頂き、本当にありがとうございます。細々とBL小説を書いてきた身としましては、今こうして「あとがき」を書いている事が正直信じられない気分です。どっきりだったらどうしようなんて事まで考えています。

自分の書いたものが本という形になるという事は、私の夢であり目標でもあったので、今はただ、感謝の一言しかありません。このような機会を頂き、本当にありがとうございます。

この話は、以前小説リンクス誌上にて参考掲載して頂いたものです。普段から、平凡で地味な人たちが恋する話ばかり書いているので、俳優さんが出てくる話を書くのはかなりの挑戦で、はりきりました。熊岡《くまおか》をきらきらさせなければと気負った結果、出来上がったのがアレです。きらきらというか、初っ端からあの性癖でして……おかしいな。

ツンデレ大好きなのですが、ツンデレとはちょっと違う。そもそも芸能人というきらきらしているキャラクターが居てくれるおかげで、きらきらしたお話になるはずが、結局、ひたすら二人が泥臭い恋をしているという話になっております。あれ、おかしいぞ。とにかく熊岡が面倒……不器用なので「君は何を考えているのかな、ん？」と問いかける作業は随分長くしました。熊岡の分からなさに「不器用」という言葉を貰《もら》った時、そう愛すべき人なのだよ、と嬉《うれ》しくなり熊岡の頭を撫でたくなりました。

熊岡の事が分かってくると、今度は佐倉井《さくらい》が分からなくなり「お前は何を考えているのだ、コラァ」と思い悩む日々が。続編が熊岡視点な事もあって、圧倒的に熊岡の肩を持ちたくなり（笑）。いや、それでも佐倉井も頑張っているのだと伝わればいいのですが。

まだまだ発展途上の二人ですが、二人なりに懸命な日々の中で、着実に前進していくような未来がきっとあると思います。

最終的には二人が笑っているので、読んで下さった方が「良かったねえ」と思って下さればこんなに嬉しい事はありません。

一生懸命恋をする人、を書きたいと思いながら、今まで書いてきました。今もそれを書きたくてパソコンに向かっています。どんな人でもどんな状況でも、恋をするというある意味同じステージの上で、どんな姿を見せるのか。必死な姿であれ無残な姿であれ、とても愛おしい事のように感じます。だからこれからも恋する人を書いていきたいです。

最後になりましたが、どうしても書かなければ気が済まない方々にお礼を書かせて下さい。

イラストを担当して下さったのは千川夏味《せんかわなつみ》先生です。我が家の本棚に本があるというのに、その方にイラストを描いて頂けるなんて嘘《うそ》のようでした。格好よく綺麗な二人を堪能しております。ありがとうございました！

それから担当様。何も分からない私にいつも力を下さるおかげで書けています。不安だとこぼす私に力強く「大丈夫です！」と言って下さった時には心がすうと軽くなり、本当に救われました。いつもありがとうございます、これからもよろしくお願い致します。

そして。いつも私を支えてくれる盟友達へ。励ましてくれる、尻を叩いてくれる、一緒に泣いてくれる、共に喜んでくれる、ただそこにいてくれる貴方《あなた》へ。

何よりこの本を手に取って下さった貴方へ。書ききれない程の感謝と愛を込めて。本当にありがとうございました。

またどこかでお会い出来れば、これ程幸せな事はありません。

初出

不器用で甘い束縛	2012年 小説リンクス8月号掲載作を改題の上改稿
不器用な二人の未来	書き下ろし

座敷童に恋をした。《ざしきわらしにこいをした。》

いおかいつき

イラスト：**佐々木久美子**

本体価格870円+税

亡くなった祖父の家を相続することになった大学生の西島祈。かつてその家には、可愛らしい容姿をした座敷童の咲楽など、様々な妖怪たちが住み着いていた。しかし久しぶりに祈が訪ねると、ほとんどの妖怪たちは祖父と共に逝き咲楽ただ一人になっていた。その上、可愛くて祈の初恋の相手でもあった咲楽が、無精髭を生やしたむさくるしい30代の男に様変わりしてしまっていてー。大切な思い出を汚された気がして納得のいかない祈だったが、仕方なく彼と生活を共にすることになり……。

リンクスロマンス大好評発売中

氷原の月《ひょうげんのつき》　砂漠の星《さばくのほし》

十掛ありい

イラスト：**高座 朗**

本体価格870円+税

大国・レヴァイン王国は、若き新国王がクーデターから国を奪取し平穏を取り戻そうとしていた。王を支えるのは、繊細な美貌と聡明さを持つ天涯孤独の宰相・ルシアン。政権奪回の際、ルシアンは武勇で高名な『光の騎士団』を率いる騎士団長・ローグに協力を仰ぐが、力を貸す交換条件としてその身体を求められてしまう。王と国のため、ルシアンは彼に抱かれることを決意するが、契約である筈の行為の中でこの上ない快楽を感じてしまった。その上、自分への気遣いや労りを向けるローグの態度に触れるにつれ、いつしか身体だけでなく、心まで惹かれてゆく自分に気付き……。

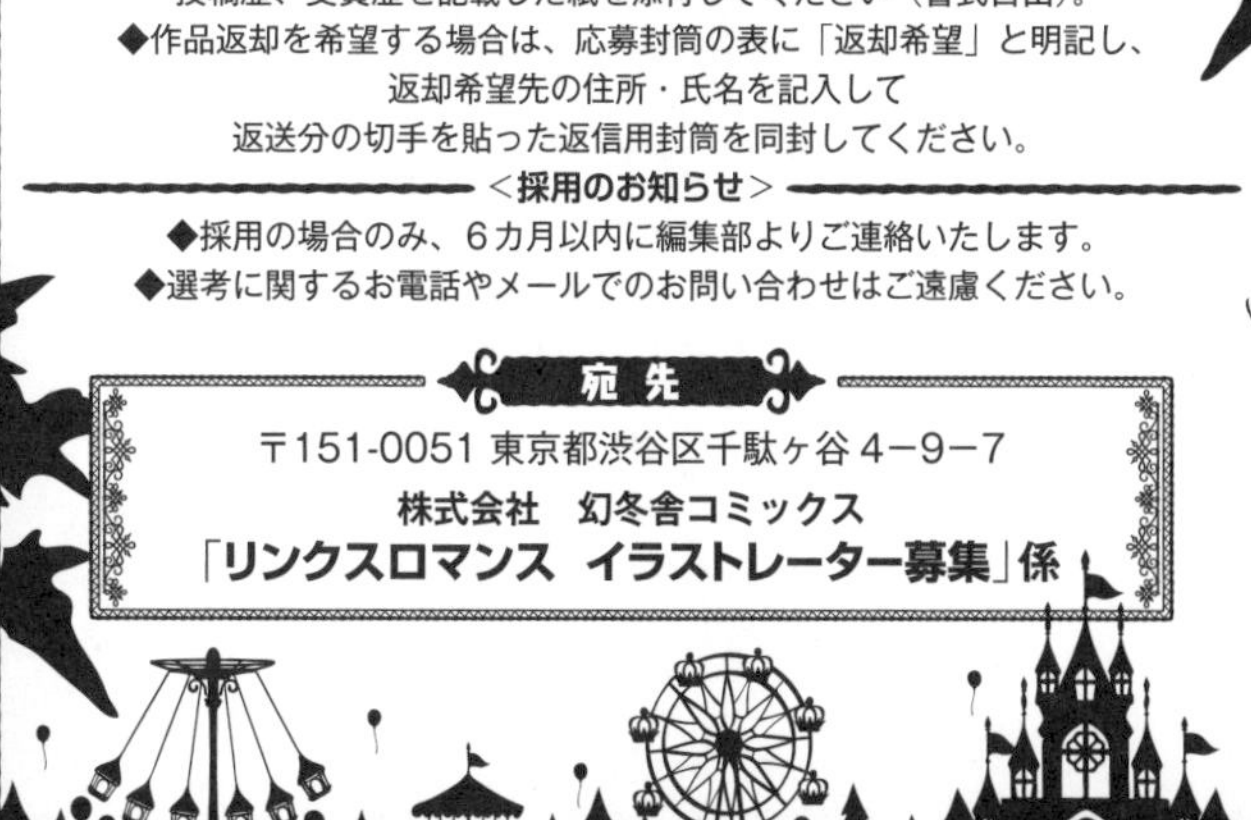

この本を読んでの
ご意見・ご感想を
お寄せ下さい。

〒151-0051
東京都渋谷区千駄ヶ谷4-9-7
(株)幻冬舎コミックス　リンクス編集部
「高端《たかはし》 連《れん》先生」係／「千川《せんかわ》夏味《なつみ》先生」係

リンクス ロマンス

不器用で甘い束縛

2015年3月31日　第1刷発行

著者…………高端《たかはし》 連《れん》
発行人…………伊藤嘉彦
発行元…………株式会社　幻冬舎コミックス
〒151-0051　東京都渋谷区千駄ヶ谷4-9-7
TEL 03-5411-6431（編集）
発売元…………株式会社　幻冬舎
〒151-0051　東京都渋谷区千駄ヶ谷4-9-7
TEL 03-5411-6222（営業）
振替00120-8-767643
印刷・製本所…株式会社　光邦
検印廃止

ISBN978-4-344-83405-7 C0293
Printed in Japan

幻冬舎コミックスホームページ　http://www.gentosha-comics.net